ALEXANDRE
LE GRAND,
TRAGÉDIE,

EN CINQ ACTES ET EN VERS;

Par M***.

À AMSTERDAM;

De l'Imprimerie des Frères Associés.

M. DCC. LXXXIX.

(6)

ACTEURS.

ALEXANDRE LE GRAND.

STATIRA, *Épouse d'Alexandre.*

ANTIPATER, *Guerrier Macédonien.*

CASSANDRE, *fils d'Antipater.*

ROXANE, *Courtisâne aimée d'Alexandre.*

SOTER, *Philosophe Persan.*

OXUS, *Confident d'Alexandre.*

PHŒNIX, *Confidente de Statira.*

ISMÈNE, *Confidente de Roxane.*

LISANDRE, *Confident d'Antipater.*

GARDES, *Soldats.*

Troupe de Guerriers Grecs & Persans.

La Scène est à Babylone, dans le Palais d'Alexandre.

ÉPITRE DÉDICATOIRE

Aux vingt Héroïnes de France qui ont sacrifié leur or & leurs diamans à la Patrie.

LA plus fainte vertu, l'amour de la Patrie ;
De nos cœurs corrompus femblait être bânie.
Le Français avili, fans force, fans vigueur,
D'un defpotifme affreux fupportait la rigueur.
Lâche & froid fpectateur de leurs projets finiftres ;
Lui-même offrait fa tète au glaive des Miniftres.
Dans l'engourdiffement d'un ftupide fommeil,
Il ne foupçonnait pas l'inftant de fon reveil.
Ce peuple généreux, l'amour de la nature,
Allait de vils Brigands devenir la pâture.
Se dégradant fans ceffe aux yeux de l'Univers,
Il n'était qu'un Efclave accablé de fes fers.
Les cris réitérés de la philofophie
Ne pouvaient lui donner une nouvelle vie.
Il s'éveille ; & foudain les tirans ne font plus.
A la corruption fuccèdent les vertus.
Les fiers Républicains de la Grèce & de Rome,
Avaient-ils, comme nous, connu les droits de l'homme ?
Dans la maffe des tems, quelques fages épars,
Lentement difperfés s'offrent à nos regards.

L'Univers étonné voit dans un même temple,
Les grands Légiflateurs que la France contemple;
Et tous ceux qu'ont produit des fiècles entaffés,
Par ce Sénat augufte ont été furpaffés.
Nos voifins éclairés apprendront à connaître,
Qu'il faut des Lois, un Chef, qu'il ne faut point de
     Maître.
Mais, quel Dieu protecteur conduit vers nous les pas
De ces jeunes beautés, fimples dans leurs appas?
Amour! pour cette fois, fais ceffer ton empire,
Et laiffes triompher le Dieu qui les infpire.
Des lauriers immortels remplaceront tes fleurs;
Nôtre France a des droits bien plus chers à leurs cœurs.
De frêles ornemens leur vanité nourrie,
Difparaît, quand il faut fecourir la Patrie.
Leur or, leurs diamans font offerts par leurs mains.
Que cet exemple ferve au refte des humains!
Simple dans tes récits, noble & fincère hiftoire,
Tranfmets à nos neveux leurs vertus & leur gloire.
Sur l'immuable airain que leurs noms foient tracés,
Que leurs noms par le tems ne foient point effacés.
Plus que jamais, ce fexe à la vertu fidèle,
Produira de héros une race nouvelle,
Et fera fuccéder à la légéreté
L'amour de la Patrie & de la liberté.
Vous, qui de vos tréfors faites ce noble ufage,
Veuillez bien, en ce jour, agréer mon hommage.
De mes faibles effais devenez le garant.
J'ofe mettre à vos pieds Alexandre le Grand.

ALEXANDRE LE GRAND,

TRAGÉDIE.

ACTE PREMIER.

SCENE PREMIERE.

ANTIPATER, LISANDRE.

LISANDRE.

En croirai-je mes yeux ? Vous, Seigneur, de retour !
Eh ! quel sujet pressant vous rappelle à la Cour ?

ANTIPATER.

Ma présence, en effet, a de quoi te surprendre ;
Mais, contraint, j'obéis aux ordres d'Alexandre.
J'ai quitté les Etats dont j'étais Gouverneur,
Et je viens à ses pieds déposer ma grandeur.

Un Maître ambitieux, laffé de mes fervices,
immole Ma fortune à fes moindres caprices.

LISANDRE.

Que dites-vous ?

ANTIPATER.

Ami ; ce que, fans défefpoir,
Le fier Antipater ne peut appercevoir.
Mais, je conferve encor, au milieu de l'orage,
Des amis généreux, ma gloire, mon courage.
Quand on a, comme moi, vieilli dans la faveur,
On fait d'un fort cruel méprifer la rigueur.

LISANDRE.

Puis-je, avec liberté, dire ce que je penfe,
Seigneur ?

ANTIPATER.

Oui, tu le peux : parle fans défiance.
Je fuis trop affuré de ta fidélité,
Pour impofer des lois à ta fincérité.

LISANDRE.

Eh bien ! apprenez donc, pour vous parler fans feinte,
Tout ce qu'ont repandu le murmure & la plainte.
Vous, de la Macédoine établi Gouverneur,
Vous en étiez, dit-on, devenu l'oppreffeur.

ANTIPATER.

La Macédoine était fous le pouvoir d'un maître,
Et c'eft t'apprendre affez ce qu'elle devait être.
Le peuple, en fon caprice, ofe élever fa voix ;
Il condamne aifément tout ce que font fes Rois.

LISANDRE.

On difait qu'Alexandre, attentif à leur plaire,
Des Macédoniens voulait être le père.

ANTIPATER.

C'eft affez ; le tems preffe & je n'ai pas befoin
D'occuper mes momens d'un inutile foin.
De tout ce que tu fais parle en témoin fidèle,
Peins moi bien cette Cour où le fort me rappèle.

LISANDRE.

Les intrigues, la haine & les divifions
Agitent tour à tour diverfes factions.
Rarement des jours purs fuccédent à l'orage,
Tel eft des Souverains le malheureux partage !
La Majefté du Trône imprime le refpect,
Mais le bonheur, toujours, s'enfuit à fon afpect.

Fixé dans Babylone, au faîte de la gloire,
Alexandre y jouit des fruits de la victoire.
Malgré tous ses efforts, ce superbe vainqueur
Est homme ; & montre une ame en proie à la douleur.
Maître du monde entier par le droit de la guerre,
Il demande aux destins une nouvelle terre ;
Pour qu'il puisse, à son gré, la chargeant de ses fers,
Une seconde fois, conquérir l'univers.
Au terme des grandeurs, au sein de la puissance,
Il ressent tous les maux de l'affreuse indigence.
Il est, possédant tout, dévoré de désirs ;
Le chagrin le poursuit même au sein des plaisirs.
Sa Cour tumultueuse, en cabales féconde,
Retient, semble asservir ce conquérant du monde.
La fière Statyra, du sang de Darius,
Qui, d'une tendre épouse a toutes les vertus.
Est par lui dédaignée, & la belle Roxane,
Rivale Ambitieuse, adroite Courtisane,
A subjugué son cœur ; même on dit que ce Roi
Doit bientôt de l'hymen lui consacrer la foi.
Les Macédoniens sont éloignés du Trône,
Tandis que les Persans regnent dans Babylone.
Alexandre n'est plus l'ami de ces guerriers,
Dont le sang est encor empreint sur ses lauriers.
Des brigues chaque jour, des intrigues nouvelles
Seront de nos débats les sources éternelles.
Ce Monarque entouré d'ennemis, de flatteurs,
Apprend à déplorer le néant des grandeurs.
Mais, tandis que, jouet des vanités humaines,
Sur le Trône du monde, il languit dans les peines ;
Ce mortel téméraire ose aspirer aux Cieux ;
Il veut que l'univers l'éleve au rang des Dieux.
Le Ciel est outragé ; seul exempt d'Esclavage,
Le Macédonien gémit de cet outrage.
Le Persan qui, toujours, a rampé sous ses Rois,
Respecte du vainqueur les sacriléges loix.
Alexandre ose tout : peut-être en ce jour même,
S'attribuant des dieux la majesté suprême.
Ce mortel obtiendra le culte solemnel,
Et l'encens fumera sur son coupable autel.

ANTIPATER.

Mais, tu ne me dis rien sur le sort de Cassandre,
Ce fils, l'unique objet de l'amour le plus tendre.
Que fait-il à la Cour ? encor dans son printems,
Sa valeur promettait des exploits éclatans.

Le corps appefanti fous le poids des années,
Je vois renaître en lui de nobles deftinées.

LISANDRE.

Puifqu'il faut de fon fort que vous foyez inftruit,
Je ne puis vous flatter dans l'efpoir qui vous luit,
Seigneur. Caffandre en proie à fa fombre trifteffe,
Dans des foucis cuifans confume fa jeuneffe.
J'en ignore la caufe, & mes yeux, malgré moi,
Ont lu dans fes regards la douleur & l'effroi.
Il fe tait, il s'égare, il s'agite & foupire,
Sans que de fes malheurs il ait daigné m'inftruire.
Mais le trait qui le bleffe eft un trait deftructeur,
Caffandre en eft percé jufques au fond du cœur.

ANTIPATER.

Ami, que m'as-tu dit ? & que viens-je d'apprendre ?
Aurait-il donc perdu la faveur d'Alexandre ?

LISANDRE.

Non. Il jouit encor de l'honorable emploi
Qu'il a, depuis long-tems, d'offrir la coupe au Roi.

ANTIPATER.

Mon fils partagera bientôt mon infortune.
Ma chûte, à tous les deux, ne peut qu'être commune.

LISANDRE.

Détrompez-vous, Seigneur, ce fils toujours chéri
Eft d'Alexandre encor l'ami, le favori,
Sa tendreffe eft pour lui d'autant plus affurée,
Que Caffandre l'obtient, fans l'avoir defirée.
Trifte & vaine faveur ! quand ce fils malheureux
Voit pâlir le flambeau de fes jours douloureux.

ANTIPATER.

Ami, permets encor qu'Antipater efpère.
Caffandre peut céder aux larmes de fon père.
Ma tendreffe pourra calmer fon défefpoir.
On s'avance... Eft-ce lui ? Je crois l'appercevoir.
Je ne me trompe point. Dans fa douleur extrême,
Il faut que, fans témoin, je lui parle moi-même.
Laiffe-nous.

SCENE

SCENE II.

ANTIPATER, CASSANDRE.

ANTIPATER.

OH! mon fils.

CASSANDRE.

Oh ! mon pere , eft-ce vous
Que je ferre en mes bras ? que ces momens font doux !

ANTIPATER.

Mon fils , je vous revois ; le deftin qui m'accable
Mêle à tant de bonheur fa rigueur implacable.
Vous ne rempliffez plus cet efpoir glorieux
Sur lequel fe fondaient mes projets généreux.
Votre vie aux douleurs fans ceffe abandonnée ,
A languir dans l'oubli femble être deftinée.
Si j'ai pu me couvrir des plus fanglans Lauriers ,
Si je fupporte encor tant de travaux guerriers ,
Si même , en ce moment , au déclin de mon âge ,
Dans mes veines , je fens bouilloner mon courage ,
C'eft pour vous feul , mon fils : je vois avec douleur
Vos jours , vos triftes jours couler dans la langueur.
Avez-vous oublié quel fang vous donna l'être ?
Montrez-vous , à mes yeux , tel que vous devez être.

CASSANDRE.

Ah ! rougiffez plutôt pour un fils malheureux
Que l'infortune accable , & qui trompe vos vœux.

ANTIPATER.

Dans le cœur de son fils un père a droit de lire.

CASSANDRE.

Ah ! qu'allez-vous apprendre ? & qne puis-je vous dire ?

ANTIPATER.

Répandez dans mon fein , mon fils , votre fecrèt.
Uu père fut toujours un confident difcrèt.

CASSANDRE.

Votre amitié , vos foins , fur-tout votre vaillance ,
Dans les champs de la gloire ont conduit mon enfance.

B

De vos nombreux exploits gardant le souvenir,
Je flattai mon espoir d'un brillant avenir.
Alexandre me vit essayer mon courage,
Des vertus des guerriers faire l'apprentissage,
Affronter les périls, & trouver des appas
A cueillir des lauriers dans l'horreur des combats.
Mais des soucis cuisans, un désespoir funeste,
Vont bientôt terminer des jours que je déteste.
Ma valeur est éteinte, & je rappèle envain
Une gloire importune, objet de mon dédain.
Accablé de douleur, en horreur à moi-même,
Je me cherche, me fuis, je gémis, ... enfin, j'aime.
Et j'aime sans espoir ; & , par un sort fatal,
Je vois dans Alexandre un maître & mon rival.
Roxane est la beauté pour qui mon cœur soupire,
Que n'ai-je à lui donner le monde pour Empire !

ANTIPATER, (*à part.*)

Son rival..., Alexadre ! ... Ah ! je suis satisfait.
Un fils obéissant servira mon projet.

CASSANDRE.

J'ai tout dit : votre cœur en proie à la colère...
Vous ne me voyez plus ;

ANTIPATER.

                          Qu'avec des yeux de père,
Plus que vous ne pensez, je plains votre malheur.
Mon fils, êtes vous seul accablé de douleur ?
J'ai perdu, pour toujours, la faveur d'Alexandre;
Au droit de commander, faut-il ne plus prétendre ?
La main qui m'éleva cherche à me renverser.
Des hommes tels que moi ne peuvent s'abaisser.
Vous avez un rival & nous avons un Maître.
A notre désespoir nous nous ferons connoître.
Je vais voir un instant ces guerriers, autrefois
Témoins & Compagnons de mes heureux exploits.
Je reviendrai bientôt ; vous reverrez un père
Qui ne vit que pour vous, qui dans vous seul espère.

SCÈNE III.

CASSANDRE, *seul.*

QUe dit-il ? quels projèts ose-t-il méditer ?
Dans l'état où je suis, je ne puis l'écouter.
Amour ! applaudis-toi de ton funeste ouvrage,
C'est envain que je veux rappeler mon courage.
Je languis dans tes fers ; interdit, abattu,
J'ignore s'il me reste encor quelque vertu.
Eh ! que puis-je espérer, eh ! qu'ai'je droit d'attendre ?
J'ai pour rival, hélas ! pour rival, Alexandre ;
Et la belle Roxane, insensible à mes vœux . . . .
Je la vois : étouffons mes soupirs douloureux.
Pour la dernière fois, interrogeons son ame,
Forçons la, s'il se peut, à partager ma flamme.

SCENE IV.

CASSANDRE, ROXANE, ISMÉNE.

CASSANDRE.

ENfin je vous revois, enfin dans mon malheur,
Je puis, Madame, encor gouter quelque douceur.
J'ai dû, depuis long-tems, bannir toute espérance ;
Je vous vois aujourd'hui ne point fuir ma présence :
C'est beaucoup, pour un cœur qu'aigrit le désespoir,
De mêler ses soupirs au bonheur de vous voir.

ROXANE.

Seigneur, je suis bien loin d'être vôtre ennemie,
Votre félicité fait toute mon envie.
Que ne puis-je, à mon gré, disposant de vos jours,
Des plus heureux destins vous assurer le cours !

CASSANDRE.

Que dites-vous, Madame ? eh ! quel est ce langage ?
Pouvez-vous l'ignorer ? mes maux sont votre ouvrage,

B 2

C'eſt vous, qui, repouſſant mon amour & mes vœux,
Jouiſſez du plaiſir de me voir malheureux.
Cependant, ſi j'en crois ce que je viens d'entendre,
Vous vous intéreſſez aux deſtins de Caſſandre ;
Eh ! qui peut mieux que vous, adoucir ces deſtins,
Madame ? mon bonheur n'eſt-il pas dans vos mains ?
Un regard, un ſoupir que l'amour me renvoie,
Calmeront tous les maux auxquels je ſuis en proie,
Et votre heureux amant, tombant à vos genoux,
Pourra livrer ſon cœur aux tranſports les plus doux.

ROXANE.

Vous me parlez d'amour ! . . . . Étrangère à moi-même,
Seigneur, m'eſt-il permis de vous dire que j'aime ?
Puis-je, dans ce Palais, ſous le pouvoir d'un Roi,
Maître du monde entier, diſpoſer de ma foi ?
Alexandre à mes pieds dépoſe ſa Couronne,
Loin qu'à tant de grandeur mon ame s'abandonne ;
Je regrette en ſecrèt l'heureuſe liberté,
Dont je ſavais jouir dans mon obſcurité ;
Et malgré les liens d'un brillant eſclavage,
Du cœur que vous m'offrez je fais priſer l'hommage,
Je connais vos vertus : Caſſandre eſt à mes yeux,
le mortel le plus noble & le plus généreux.
Cet aveu, quelqu'il ſoit, j'ai crû devoir le faire ;
Mais après l'avoir fait, Seigneur, je dois me taire.
D'un Monarque abſolu reſpectez le pouvoir,
Avec un tel rival, quel ſerait votre eſpoir ?
Je vous plains ; mais craignez que plus de réſiſtance,
Et ſur vous & ſur moi n'attire ſa vengeance.

CASSANDRE.

Ainſi, d'un cœur glacé vous exprimez les vœux :
Mais moi, qui de l'amour ai ſenti tous les feux,
Moi qui, dans les tourmens d'une vie importune,
Succombe ſous le poids d'une affreuſe infortune,
Je ne reſpire ici que revolte & fureur,
Mon rival à mes yeux n'eſt qu'un objet d'horreur.
Eh ! que m'importe à moi, que la terre ait un Maître ?
Un cœur déſeſpéré peut-il en reconnaître ?
Contre le ciel lui-même il oſerait s'armer,
Et l'univers n'a rien qui puiſſe l'alarmer.

ROXANE.

Modérez ces tranſports ; le généreux Caſſandre
Doit joindre le reſpect à l'amour le plus tendre.
Je ne puis m'expliquer . . . . de grace, éloignez-vous.

Je dois en ce moment, ménager le courroux,
D'Alexandre.

CASSANDRE.

Je fuis pour remplir votre attente.
Dans les mains d'un rival, je laisse mon Amante.
Oui, je vous obéis ; m is f chez que mon cœur,
Peut, dans son désespoir, signaler sa fureur.

SCENE V.

ROXANE, ISMÉNE.

ISMÉNE.

Qu'avez-vous dit, Madame ? Et comment puis-je croire,
Qu'oubliant en ce jour, le soin de votre gloire,
Vous puissiez de Cassandre écouter les soupirs
Et dédaigner un Trône offert à vos desirs ?
Je n'en saurais douter : au puissant Alexandre,
Votre cœur, en secret, a préféré Cassandre ;
Et prête à commander à ce vaste univers,
C'est vous qui gémissez & qui portez des fers.
Où sont ces sentimens, & cette heureuse audace
Dont l'amour a détruit jusqu'à la moindre trace ?
Je vous vis, autrefois, cédant au plus beau feu,
De votre ambition me faire un libre aveu,
Et montrer à mes yeux la vive impatience
De jouir des Grandeurs que le Trône dispense.

ROXANE.

Qu'avec pitié, je vois, Isméne, ton erreur !
Ah ! que tu connais peu la fierté de mon cœur.
Commander & régner sont ma suprême envie,
A ce noble desir j'immolerais ma vie.
Je ne tarderais pas d'en terminer le cours,
S'il fallait dans l'oubli traîner de tristes jours.
Je parus à la Cour où j'étais inconnue ;
J'affectai d'y montrer une crainte ingénue.
On eut crû qu'étrangère en ces nouveaux climats,
Je rougissais d'y voir adorer mes appas.
Je voilai, sous les traits de la simple nature,
De l'art que j'employais la secrète imposture.

Sous les dehors trompeurs de la naïveté,
On vit briller en moi l'éclat de la beauté.
aux yeux de nos guerriers, moins Reine que bergère,
J'offris cette candeur, cette grace légère,
Cet heureux abandon, cette simplicité,
Qui des cœurs ont toujours amolli la fierté.
Je dédaignai leurs soins ; feignant de méconnaître
Tous les transports qu'en eux ma beauté faisait naître.
Par cet art, me montrant insensible à l'amour,
Je m'assurai bien mieux les vœux de cette Cour.
Mais j'en voulais au maître ; il me vit ; & son ame
Ressentit tous les feux d'une naissante flamme.
Juge de mes transports, quand mon heureux destin,
M'offrit de ce Vainqueur la Couronne & la main.
Tu sais bien qu'empruntant une rigueur sauvage,
Tremblante, je parus redouter son hommage.
Je voyais, chaque jour, ses soins plus empressés,
Ou payés d'un coup d'œil, où souvent repoussés.
Alexandre, long-tems a gémi dans ma chaîne ;
Le monde à conquérir lui donna moins de peine.
Il soupirait envain ; de mon amour craintif,
A peine a-t-il reçu quelque aveu fugitif ;
Tandis que de ses vœux souveraine Maîtresse,
Par ces rafinemens, j'excitais sa tendresse,
Je sus bien mieux encor assujettir son cœur,
En sémant, sur ses pas le mensonge & l'erreur.
Ces mortels couronnés que l'univers encense,
Unissent la faiblesse à la toute puissance.
Il faut bien se garder, par la sincérité,
D'offrir à leurs regards la triste vérité.
On doit les admirer dans leurs moindres caprices,
Ériger en vertus & leur honte & leurs vices :
eussent-ils prononcé le malheur des humains,
On doit flatter leurs goûts, sourire à leurs desseins.
Cet art, est le seul art, utile & nécessaire ;
Isméne, j'en ai fait l'épreuve salutaire.
Affectant un respect saint & religieux,
J'ai, la première, osé le mettre au rang des Dieux.
Non que pour moi, les Rois comme les autres hommes,
Vains jouets du destin, ne soient ce que nous sommes.
Esclave ou souverain, la triste humanité,
Rentre dans le néant avec égalité.
Mais, de sa folle erreur j'ai flatté le délire.
La terre à son vainqueur offrait un faible empire.
Il aspirait au Ciel ; ce mortel insensé,
Objet de ma pitié, par moi fut encensé.

ISMÉNE.

La Reine ſtatyra , déteſtant cette audace ,
Vient d'encourir du Roi, la haine & la diſgrace.

ROXANE.

Statyra , de mon art ignorant les détours ,
Me fournit elle-même un utile ſecours.
Son époux la rejette ; un heureux himenée ,
Va bientôt te montrer Roxane couronnée.

ISMÉNE.

Mais , pourquoi de Caſſandre ainſi flatter l'amour ?

ROXANE.

Que tu connais bien peu l'art qui règne à la Cour !
Antipater & lui , puiſſans & redoutables ,
Offrent à mes projèts des ſecours favorables,
Aux Macédoniens ils ſont chers ; & je Doi
Ménager leur crédit & conſerver leur foi.
Que fait-on ? le hazard peut tromper mon attente.
Caſſandre , au moins , me reſte , & je ſuis ſon amante.
Que m'en a-t-il couté ? Des propos ſans témoin ,
Obſcurs , & que je puis démentir au beſoin.
Juge mieux de Roxane , & vois , ma chère Iſméne ,
Si l'amour peut jamais m'aſſervir ſous ſa chaîne.
Je connais les erreurs de cette paſſion.
Je ſuis libre & tout cède à mon ambition.
Mes pareilles , du port excitant les orages ,
Exemptes de périls , profitent des naufrages . . . .
Tu connais à préſent tous mes hardis projèts.
Il eſt tems d'en aller recueillir les effets.
Achevons d'embraſer la Vainqueur de la terre ;
Poſſédons tous les biens que lui donna la guerre ;
Que tremblant à mes pieds , il aprène , en ce jour ,
Qu'il vainquit l'Univers pour céder à l'amour.

Fin du premier Acte.

ACTE II.

SCENE PREMIERE.

ALEXANDRE, *accompagné de Guerriers Grecs & Perſans.*

ALEXANDRE.

JE n'attendais pas moins de votre grand courage.
Vous avez triomphé des vens & de l'orage,
Néarque; & mes vaiſſeaux, dominateurs des mers,
A ce vaſte élément ont impoſé des fers.
il ne manquait plus rien au conquérant du monde
Que de dompter Neptune & de régner ſur l'onde.
Je rends grace à vos ſoins ; ils ſont dignes de moi.
Je ſais vaincre & je ſais recompenſer en Roi.
Léonat. c'eſt à vous qu'Alexandre confie
Le tombeau de l'ancien conquérant de l'Aſie.
Un monument obſcur & preſqu'abandonné,
Aux cendres de Cyrus était donc deſtiné.
Qu'un monument ſuperbe en conſacre la gloire ;
Et de ce Roi vainqueur conſerve la mémoire.
Du temple de Bélus qu'on preſſe les travaux,
Que l'art taſſe briller des chefs-d'œuvre nouveaux,
Que le marbre s'anime & la toile reſpire,
Que tout cède aux efforts d'un généreux délire.
La conquête a détruit & je veux reparer :
Que l'euphrate, en ſon cours ceſſe de s'égarer ;
Qu'aux Babiloniens il porte l'abondance,
Le tribut de mes ſoins & de ma bienfaiſance ;
Qu'on me laiſſe . . . . demeure, Oxus. . . . .

SCENE

SCENE II.

ALEXANDRE, OXUS.

ALEXANDRE.

EN liberté,
Je pourrai dans ton sein déposer ma fierté.
Vois tout ce que je suis. Dans l'effroi, le silence,
L'univers étonné contemple ma puissance.
Le succès a toujours couronné mes exploits,
Je vois la terre entière obéir à ma voix.
On ne vantera plus la destinée illustre
Des demi-Dieux. Je touche à mon septième lustre ;
Et les ai surpassés. Malgré tant de grandeur,
Des soucis importuns sont au fonds de mon cœur.
Je suis peu satisfait d'avoir conquis le monde,
S'il faut vivre & languir dans une paix profonde.
Ma valeur est oisive & mon ambition,
Rougit d'une honteuse & lache inaction.
J'en accuse les Dieux qui, jaloux de ma gloire,
En bornant l'univers, m'ont ravi la victoire.
Mais je suis leur égal, & les honneurs divins,
Sont bien dûs, cher Oxus, à mes brillans destins.

OXUS.

Puisse à jamais périr le mortel téméraire,
Dont vous n'obtiendrez point un culte volontaire !
Qui mieux que vous, Seigneur, peut offrir à nos yeux,
La Majesté suprême & l'image des Dieux ?
Nos Persans à genoux, attendent en silence,
Le moment d'adorer vôtre auguste puissance.
Montrez-vous à l'autel : l'encens y fumera,
Et le sang des taureaux, pour vous seul, coulera.

ALEXANDRE.

Tu m'y verras bientôt. L'autel, l'encens, le Prêtre,
Cher Oxus, tout est prêt : je n'ai plus qu'à paraître.
Mais, crois-tu que le peuple avec soumission,
M'accorde les honneurs de l'adoration ?

C

OXUS.

Seigneur, l'Asie entière & tremblante & soumise,
Sur ces honneurs divins ne peut-être indécise.
Vous verrez tout ce peuple entourer votre autel,
Et remplir avec joie un culte solemnel.

ALEXANDRE.

Les Macédoniens hésiteront, peut-être.

OXUS.

Qu'ils apprennent de vous à trembler sous leur maître !
Punissez leur orgueil ; que ces audacieux,
N'osent plus désormais lever sur vous les yeux.

ALEXANDRE.

Que me proposes-tu ? quel culte ? quel hommage !
Moi, recevoir l'encens des mains de l'esclavage !

OXUS.

Dans un bois solitaire, & non loin de ces lieux,
Un vieillard respecté, qu'on croit chéri des Dieux,
A fixé sa retraite. Au sein de l'indigence,
Il nourrit dans son cœur une folle arrogance.
Il blâme les humains, il accuse leurs mœurs ;
Il feint de voir par-tout des abus destructeurs.
La richesse est injuste, & les grandeurs humaines,
Sont toujours à ses yeux tiranniques & vaines.
Contre les Grands, sur-tout, il distille son fiel.
L'égalité, dit-il, fut une loi du Ciel.
Si l'homme, quel qu'il soit, a sur l'homme un empire,
C'est pour le protéger & non pour le détruire.
Sa morale inquiéte & ses sauvages mœurs
Ont, parmi les Persans, trouvé des sectateurs.
On court en foule à lui, le peuple le revére.
Il respecte les lois de ce mortel sevère.
Appelez à la Cour ce viellard respecté,
Vous devez vous servir de son autorité.
Je ne m'y trompe point. Offrez lui des richesses ;
Vous le verrez bientôt céder à vos largesses ;
Et l'honneur de servir le plus puissant des Rois
A son cœur orgueilleux imposera des lois.
Qu'il parle, & que lui-même attentif à vous plaire
Comme le fils du Ciel, vous annonce à la terre.

ALEXANDRE.

Ton conseil, cher Oxus, n'est point à dédaigner.
Toi-même, charge toi du soin de l'amener.

Du peuple on doit toujours ménager le caprice.
Il faut, pour son bonheur, employer l'artifice.
Mais ce Trône éternel, tous ces honneurs divins,
Ne font point le feul prix de mes heureux deftins.
J'aime, Oxus, tu le fais : & ma flamme brûlante,
Préfére à l'univers la beauté qui m'enchante.
Quelle timidité ! que de naïfs appas !
Que d'attraits féduifans qu'elle croit n'avoir pas !
Mon cœur trop fatigué de ces beautés vulgaires,
Des Grandeurs & du Trône efclaves volontaires,
Déteftait ma puiffance & croyait que la Cour,
N'avait jamais connu les douceurs de l'amour.
Quelle était mon erreur ! je ne l'avais point vue,
Elle s'était long-tems derobée à ma vue.
Quel fut, hélas mon trouble & mon étonnement,
Quand Roxane s'offrit à mon raviffement !
Son ingénuité, fa pudeur fi touchante
La rendaient à mes yeux encor plus féduifante.
Plein de trouble, d'amour, & tombant à fes pieds,
J'adorai des attraits trop long-tems oubliés.
Mais Roxane timide & même un peu farouche,
Ne reçut qu'en tremblant les aveux de ma bouche.
J'ai connu ces plaifirs qu'un Roi ne connait pas,
D'affujettir un cœur après de long combats,
D'obtenir ces foupirs que la pudeur refufe,
Que l'amour feul dérobe & que lui feul excufe.
Ami, j'ai triomphé ; j'aime & je fuis aimé.
Quel bien délicieux pour un cœur enflammé !
Le deftin m'obéit avec perféverance ;
Je ne puis, du bonheur épuifer la conftance.
Comme Dieu, comme amant, j'obtiendrai tour-à-tour
Le culte des humains, les faveurs de l'amour.
Mais la Reine paraît : je fens en fa préfence,
Redoubler mes ennuis & mon indifférence.
Vient-elle m'accabler de fes tranfports jaloux !
Pour la dernière fois, effuyons fon courroux,

SCENE III.

ALEXANDRE, STATIRA.

STATIRA.

SEigneur, je ne viens point, traînant mon infortune,
Vous fatiguer envain d'une plainte importune.
J'aurais trop à rougir, si par d'indignes pleurs,
Je vous rendais témoin de toutes mes douleurs.
Fille de tant de Rois, épouse d'Alexandre,
Je sens l'orgueil du sang dont on me fait descendre,
Et je sais dédaigner un héros tel que vous,
Quand je ne vois en lui qu'un infidèle époux.
J'ai vu de nos Etats le destructeur rapide,
Des malheureux persans le vainqueur homicide,
L'ennemi de mon père & son persécuteur,
Clément & généreux, respecter le malheur.
J'ai vu de Darius la famille étonnée,
Soumise à son vainqueur, à vos pieds prosternée.
Nous qu'on voyait n'aguère au-dessus des humains,
Mêler avec les dieux nos superbes destins,
Nous tombons ; & déja menacés d'Esclavage,
Du Soldat inhumain nous redoutons l'outrage.
Vous parûtes : ce front où brillait la valeur,
Dépouillant sa fierté, calma notre douleur.
Votre aspect généreux fit taire nos alarmes.
On vit même vos pleurs se mêler à nos larmes.
Vous n'aviez point les traits d'un farouche ennemi,
Dans le meurtre & le sang, par la guerre affermi.
Un Dieu, sans doute alors, enchaînait notre hommage.
Ce n'était point le Dieu qui préside au carnage ;
Et moi qui gémissais sous les rigueurs du sort,
Réduite au désespoir & désirant la mort,
Je vous vis ; eh ! pourquoi, dans ces tems de disgrace,
D'un vainqueur insolent n'eûtes-vous pas l'audace ?
Votre main, toujours prête à s'abreuver de sang,
Devait-elle hésiter à me percer le flanc ?
Je vous vis.... dans cet âge où le cœur parle à peine,
Je fis de vains efforts pour conserver ma haine.
J'oubliai, tout à coup, un père infortuné,

Au fonds de ses Etats , errant , abandonné.
Par des soins généreux , chaque jour enchaînée ,
Dans vos fers , malgré moi , je me vis entraînée.
Triste & vain souvenir !

ALEXANDRE.

Mes soins vous étaient dus.
J'ai toujours respecté le sang de Darius ,
Madame , & mes bienfaits répandus sans mesure ,
Doivent vous interdire & la plainte & l'injure.

STATIRA.

La plainte est dans mon cœur , l'injure est loin de moi ;
Cruel , tu n'as que trop abusé de ma foi.

ALEXANDRE.

Quel est donc cet orgueil farouche & téméraire
Qui dans tous mes projets s'obstine à me déplaire ?
Vous me blâmez toujours : est-ce que dans vos mains
Le Ciel aurait placé ma gloire & mes destins ?
Dans l'état où je suis , quoique j'ose entreprendre ,
A vos constans mépris dois-je toujours m'attendre ?

STATIRA.

Je t'entends : tu voudrais qu'imitant tes flatteurs ,
Je m'avilisse au point d'encenser tes erreurs ;
Tu voudrais que ma main dévouée au mensonge ,
Creusât l'abîme affreux où ton orgueil te plonge ?
Souffre un instant encore mon importune voix ,
Ecoute Statira pour la dernière fois.
Héritier de ton père & Roi de Macédoine ,
Des Etats resserrés furent ton patrimoine.
Mais bientôt , ta valeur t'apprit que l'Univers
Se précipiterait lui-même dans tes fers.
Tu triomphas par-tout ; & la terre étonnée
A son heureux vainqueur se vit abandonnée.
Tu dois , sans doute , aux dieux ces glorieux exploits ,
Qui t'ont placé sitôt au rang de Roi des Rois.
Mais la faveur des dieux est juste ; & c'est nous-mêmes
Qui fixons les regards de ces maîtres suprêmes.
Nos vertus sont l'encens qui plaît le plus aux dieux.
Leur odeur se répand jusqu'au plus haut des cieux.
Rapelle à ton esprit ces tems où la mollesse
N'avait point abbattu cette mâle rudesse ,
Ce noble dévoument des généreux guerriers ,
Ces tems où tu cueillais des moissons de lauriers.
Rappelle à ton esprit tant de vertus austères
Dont , jeune , tu reçus l'exemple de tes pères.

Noble avec dignité , fimple avec tes foldats ,
Tu dédaignais les biens qu'ils ne partageaient pas.
Tu ne connaiffais point le fafte afiaftique
Qui répand fur tes fens un fommeil léthargique.
Ton glaive fi funefte à tous tes ennemis
Ne s'était point fouillé du fang de tes amis.

ALEXANDRE.

Arrêtez ; c'eft affez... faut-il que je m'abaiffe
A fouffrir des difcours ? ..,.

STATIRA.

Un mot ; & je te laiffe
Ta folle ambition enfin va fe montrer.
C'eft aux honneurs divins que tu veux afpirer.
Tes perfides flatteurs affervis à te plaire
S'empreffent d'encenfer ton orgueil téméraire.
Je ne viens point, parlant au nom des immortels,
Revendiquer pour eux les droits de leurs autels.
Ils fauront bien , fans moi , venger un tel blafphème.
On peut s'en repofer fur leur pouvoir fuprême.
Mais , dis moi, qu'attends-tu des Macédoniens
De ton nom , de ton trône arbitres & foutiens ?
Crois-tu que tous tes Grecs que ton projet outrage
Gémiront dans les fers d'un honteux efclavage ?
Non. C'eft comme fujèts qu'ils favent obéir.
Mais jamais un tiran ne put les affervir.
Les cris de liberté déja fe font entendre.
C'eft le plus grand des biens que l'homme ait à défendre.
Sois jufte , bienfaifant, & refpecte les Dieux.
C'eft par-là que tu peux t'élever jufqu'aux Cieux.
Je ne le vois que trop ; ce que je dis t'offenfe.
Tu ne me verras plus rechercher ta préfence.
Couronne ma rivale ; elle eft digne de toi
Ta Roxane ; fon nom redouble mon effroi.
Perfide & criminelle , elle ofe avec adreffe. ...

ALEXANDRE.

Refpectez fes vertus : ce difcours qui me bleffe
Pourrait bien...

STATIRA.

Je crains peu ton injufte courroux.
J'ai dit la vérité : je fais braver tes coups.
Mais Roxane paraît ; .... aux pieds de cette amante
Vas recueillir des vœux dignes de ton attente.
Adieu.

SCENE IV.

ALEXANDRE, ROXANE.

ROXANE.

Qu'ai-je apperçu ? votre épouse, en fuyant,
Vient de lancer sur vous un regard menaçant.
La haine, le courroux sont peins sur son visage,
Seigneur ; la Reine a-t-elle essuyé quelque outrage ?

ALEXANDRE.

Elle l'eût mérité : de ses constans mépris
Un outrage sanglant devait être le prix.
Mes triomphes, l'éclat de ma haute fortune,
Ont offusqué ses yeux ; ma gloire l'importune.
Je suis las de souffrir tant de témérité.
Qu'elle craigne un époux qu'elle a trop irrité !

ROXANE.

Seigneur, vous auriez dû moins braver sa colère.
Que Statira toujours comme à moi vous soit chère ;
Elle vous aime encor & son ressentiment
N'est que l'effet jaloux d'un tendre sentiment.
Je demande à vos pieds la grace de la Reine ;
Au nom de vos vertus, que Roxane l'obtiene.
De votre amour pour moi, c'est le prix le plus doux.
Il faudra bien après me séparer de vous.

ALEXANDRE.

Que dites-vous, Roxane ! Est-ce ainsi que votre ame
Du plus puissant des Rois récompense la flamme ?
Pourquoi fuir de ces lieux ? Quel autre mieux que moi
Mérite d'obtenir pour toujours votre foi ?
Dédaignez, s'il le faut, ce Souverain Empire
Que vous avez déjà sur tout ce qui respire.
Mais ne méprisez pas les soupirs & les vœux
Du mortel le plus tendre & le plus amoureux.
J'ai voulu conquérir & j'ai conquis la terre.
Je n'aspire aujourd'hui qu'au bonheur de vous plaire.
Quand je foule à mes pieds Trône, gloire, grandeur,
Je crois tout posséder, si j'obtiens votre cœur.

ROXANE.

Mais ce tribut offert à de si faibles charmes,
Combien il va coûter de douleurs & de larmes !

La triste Statira vous parle par ma voix.
Sur un cœur généreux une épouse a des droits.

ALEXANDRE.

Elle m'est odieuse, autant que je vous aime.
M'est-il permis d'aimer une autre que vous-même ?
Mon cœur est embrasé, ne pourrais-je ; à mon tour,
Vous voir céder, Madame, aux douceurs de l'amour ?

ROXANE.

Le Trône convient mal à mon humble fortune.
Je veux fuir des grandeurs dont l'éclat m'importune.
Rendez, rendez Roxane à son obscurité,
Et reprenez un cœur qu'elle a peu merité.
D'une faible mortelle excusez le langage.
Je ne puis recevoir un si brillant hommage.
L'Univers étonné célèbre vos exploits.
C'est peu de vous y voir au rang du Roi des Rois.
La terre vous adore & le Ciel vous envie.
Quel mortel peut remplir une si belle vie ?
Presqu'enfant, le succès seconda vos travaux,
Et vous fit triompher d'un peuple de héros,
De ces Grecs indomptés, dont la brillante histoire
Des plus rares vertus conserve la mémoire.
Thebes, Sidon, l'Egypte, en subissant vos lois,
N'ont fait que préparer le cours de vos exploits.
Le puissant Darius, & la Perse en alarmes,
Trois fois, par leur défaite ont illustré vos armes ;
Et la victoire errant dans de vastes Etas,
Plus prompte que l'éclair, y devança vos pas.
Porus, & l'Inde entier & le Scythe sauvage
Vinrent à vos genoux déposer leur hommage.
La terre fut soumise, & pour la conquérir,
A peine vos regards purent la parcourir.
Cet Hercule, ce Dieu dont on vante la gloire
Reçut moins de lauriers des mains de la victoire.
Quelques brigands détruits, quelques monstres domptés ;
Ont borné des exploits par l'Univers chantés.
Admis dans le séjour du maître du tonnere,
De l'Olimpe, il vous voit l'effacer sur la terre ;
Et jaloux de l'éclat de vos faits immortels,
Il craint de voir, pour vous, déserter ses Autels.
Mais Jupiter Ammon n'est-il pas votre père ?
Son temple est en Libie, où ce Dieu qu'on révère
Lui-même du Grand-Prêtre agitant les esprits,
Aux yeux de l'Univers vous déclara son fils.

Et

Et c'est vous qui voulez jusques à moi descendre ?
Quoi ? Roxane à ses piés voit le Grand Aléxandre ?

ALÉXANDRE.

Sur le sein de Venus, Mars lui-même enchanté,
Aux douceurs de l'amour fait céder sa fierté.
La terre a respecté le succès de mes armes.
Vous seule avez le droit de régner par vos charmes.
La valeur fait les Rois ; mais les Rois, à leur tour,
Déposent leur grandeur dans les bras de l'amour.
La douce volupté, le sourire des graces,
Valent bien les hasards des sanglantes disgraces.
La guerre a trop long-tems fatigué les humains.
La paix sera pour eux l'ouvrage de vos mains.
Qu'on n'entende, en tous lieux, que des cris d'allégresse ;
La terre doit en vous, respecter sa Déesse.
Hâtez-vous de régner, de fouler à vos piès
Des Trônes renversés, des Rois humiliés.
Le monde est votre empire ; & dans ce rang suprême,
Recevez pour sujèt Aléxandre lui-même.

ROXANE.

Laissez ce vain amas de gloire & de grandeur,
Dont l'éclat importun satisfait peu mon cœur.
Seigneur ; connaissez mieux qu'elle est ma destinée.
Vers un plus noble objèt je me sens entraînée ;
Et s'il faut vous parler avec sincérité,
Votre cœur seul suffit à ma félicité.
Par les feux de l'amour dès long-tems consumée,
J'ai caché dans mon sein une flamme alarmée.
Votre hommage, vos vœux, vos plaintes, vos soupirs,
N'ont pu que lentement rassurer mes desirs.
Votre propre grandeur a causé mes alarmes.
C'est, en vous admirant, que j'ai versé des larmes.
Plus vous vous montriez grand, plus je croyais voir fuir
Cet excès de bonheur que vous veniez m'offrir.
Ah ! qu'une humble fortune, une obscure retraite
L'oubli du monde entier, m'eussent plus satisfaite !
Un amant tel que vous, maître de l'univers,
S'il soupire un instant, brise bientôt ses fers.

ALÉXANDRE.

Vous doutez de ma foi ! j'en atteste ma gloire.
Perissent à jamais mon nom & ma mémoire,
Si ce cœur que l'amour fût si bien enflammer,
Peut, Roxane, un instant, cesser de vous aimer.
Oser douter encore serait me faire outrage.
C'est au Temple où je veux signaler mon hommage.

D

Un superbe appareil y frappera vos yeux.
Vous m'y verrez jouir des honneurs dûs aux Dieux,
Et les rendre à l'amour; oui vous viendrez vous-même.
Partager avec moi la Majesté Suprême,
Jouir des attribus de ma divinité,
Et fouler à vos pieds la faible humanité.

Fin du second Acte.

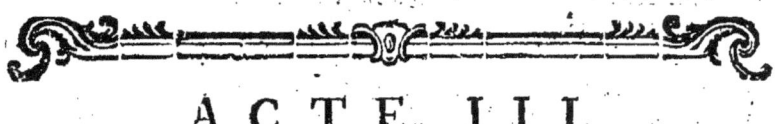

ACTE III.

SCENE PREMIÈRE.

ANTIPATER, LISANDRE.

LISANDRE.

AUx transports de nos Grecs vous deviez vous attendre,
Ces Guerriers irrités de l'orgueil d'Alexandre ;
Sont prêts à tout oser ; voici l'instant, Seigneur,
De paraître à leur tête & d'être leur vengeur.

ANTIPATER.

Le Macédonien, Sujet & non Esclave,
Obéit sans murmure & punit qui le brave.
J'ai vu ces fiers Guerriers ; dans leurs yeux était peint
Le vif ressentiment dont leur cœur est atteint.
Ils ont fait retentir le cri de la menace,
A peine je pouvais contenir leur audace.
Tandis que, sourdement, j'excitais leur fureur,
Je feignais de blâmer leur indiscrète ardeur.
Mes vœux sont secondés ! quoique j'ose entreprendre,
De leur bouillant courroux, j'ai droit de tout attendre.
Il est téms d'accomplir ce que j'ai résolu,
Osons-nous délivrer d'un pouvoir absolu,
Le moment est propice,

LISANDRE.

Avec plus de prudence,
Sachez vous conserver vos droits, votre puissance ;

Ne pouvez-vous , Seigneur , sans vous humilier,
Appaiser Alexandre , & vous justifier ?

ANTIPATER.

Non. A son Souverain , quiconque a pu déplaire ,
Ne doit plus espérer de fléchir sa colère ;
Soit raison , soit caprice , une fois condamné ,
Un Sujet quel qu'il soit , n'est jamais pardonné.
J'ai vieilli dans les Cours ; ce n'est point à mon âge ,
Que de la politique on fait l'apprentissage ,
Je risquerais d'ailleurs , par ma timidité ,
De ralentir des Grecs , le courage irrité.
J'ai feint de rappeller ces maximes sévères ,
Qui jadis avait fait la gloire de nos Pères.
D'un noble dévoûment affectant la rigueur ,
J'ai moi-même invoqué tous les droits de l'honneur.
Non , que d'un vain scrupule , à ce point je me pique ,
Mais d'un chef de parti telle est la politique ,
Quand , de l'ambition on ressent tous les feux,
On est , selon le tems , criminel , vertueux.
On s'élève , on s'abaisse , on commande , on supplie ,
Et par mille détours , notre ame se replie.
Si de tous ces moyens , le succès est le prix ,
Alors , de nos talens le Vulgaire est épris.
Pour se faire admirer dans l'état où nous sommes ,
Il suffit de savoir en imposer aux hommes.
Je ne puis balancer. . . Ma propre sûreté
Veut que , dans ce moment , j'agisse avec fierté.
C'est ainsi que je vais aborder Alexandre,
Il m'a fait demander , je viens ici l'entendre.

LISANDRE.

Alexandre irrité , pourra bien devant vous ,
Seigneur , faire éclater un injuste courroux.
Mais il est des mortels, dont le front magnanime
N'a jamais su pâlir , même au bord de l'abîme.

ANTIPATER.

Sur le point d'accomplir le plus grand des projets ,
Quand tout est résolu , je doute du succès
Cassandre est vertueux , & malgré ma disgrace ,
Ce fils timide , ingrat , peut tromper mon audace.
Je me laisse entraîner à des soins superflus ,
Si Cassandre à mes vœux , oppose des vertus ,

LISANDRE.

Ne doutez point, Seigneur , de son obéissance,
D'un père il servira la gloire & la vengeance.

D 2

ANTIPATER.

Oui, fi pour me fervir, j'offrais à fa valeur,
Les plus nobles périls dans les champs de l'honneur.
Mais, je demande un crime, & fans qu'il délibère ;
Crois-tu bien que Caffandre obéiffe à fon père ?
Il eft jeune, & dans l'âge où le cœur abufé,
Se dévoue aux erreurs d'un fcrupule infenfé.
J'ai tout à redouter d'une aveugle jeuneffe.
C'eft quand on a vieilli qu'on n'a plus de faibleffe.
Le cœur uniquement épris de fon objèt,
Dans le choix des moyens ne voit plus que l'effèt.
Mais, on vient . . . Alexandre en ce moment s'avance.
Ami, je vais enfin m'offrir à fa préfence.
Laiffe nous & reviens.

SCENE II.

ALEXANDRE, & *fa Cour compofée de Guerriers
Macédoniens & Perfans*; ANTIPATER.

ANTIPATER.

J'Attendais, en ces lieux,
Seigneur, qu'on me permit de paraître à vos yeux.

ALEXANDRE.

Antipater, avant d'approcher Alexandre,
Avait prévu l'accueil qu'il devait en attendre.
Vous auriez dû favoir que mon autorité,
Exigeait de vos foins plus de fidélité,
Et que la Macédoine à vos lois fut foumife,
Pour jouir de fes droits, non pour être conquife.
Vous avez abufé du pouvoir qu'en vos mains,
Je remis, pour remplir mes généreux deffeins,
Pour rendre heureux un peuple, objèt de ma tendreffe,
Vers lequel mes regards fe font tournés fans-ceffe.
D'un pouvoir defpotique ufurpant tous les droits,
Vous avez immolé la juftice & les lois.
Le faible & le puiffant, tour-à-tour, vos victimes,
Ont vû votre avarice accumuler les crimes.
Par vos laches projès l'état fût ébranlé,

Le fang de mes fujès par votre ordre a coulé.
Mais ce peuple opprimé s'eft enfin fait entendre.
Il demande vengeance , il a droit de l'attendre.
Tel eft fouvent des Rois le malheureux deftin !
On abufe , en leur nom , du pouvoir fouverain.
Cratère , à votre place , obtient la Macédoine ,
Comme un Gouvernement , non comme un patrimoine.
S'il ofait abufer de mon autorité ,
Il ne verrait en moi qu'un Monarque irrité.
Vous, Seigneur , rendez grace à ce fils magnanime,
Par toutes fes vertus digne de mon eftime.
Caffandre pouvait feul adoucir mon courroux . . .
Maintenant apprenez ce que j'attends de vous.
Dans le temple , à l'autel vous me verrez paraître.
Votre foumiffion peut fléchir votre maître.
Le Ciel qui s'intéreffe à mes brillans deftins ,
M'appèle , en ce moment, à fes honneurs divins.
Comme tous mes fujès , vous vous rendrez au temple.
Aux Macédoniens vous donnerez l'exemple.
Si la faveur d'un Roi doit encor vous charmer ,
Sachez que le refpect pourra me défarmer.

ANTIPATER.

Seigneur , Antipater généreux & fidèle ,
Jufqu'au dernier foupir vous montrera fon zèle.
Je fus le défenfeur de votre autorité.
Je la fis refpecter avec févèrité.
Le peuple , en fon caprice , en fon audace vaine,
Voudrait anéantir la Grandeur Souveraine.
D'un Monarque abfolu , quand on foutient les droits ,
De ce peuple infolent on méprife la voix.
C'eft par-là qu'un miniftre & courageux & fage ,
Du pouvoir de fon Roi fait faire un noble ufage.
Si , par fa fermeté , l'état eft confervé ,
A des affronts fanglans ferait-il refervé ?
Mais , parmi tant d'objès de haine & de difgrace ,
Comptez-vous les clameurs de Sparte & de la Thrace ?
Seigneur ; j'ai combattu des peuples révoltés.
Serai-je criminel pour les avoir domptés ?
Quand tout a reconnu le pouvoir de mes armes ,
Je dois donc arrofer mes lauriers de mes larmes ?
Ce n'eft plus la faveur que je puis efpérer ,
C'eft ma grace , en ce jour , que je dois implorer.
Non , Seigneur ; ces guerriers qu'inftruifit Alexandre,
Jufqu'à l'abaiffement ne favent point defcendre.
Difpofez de mon fort ; vous pouvez ordonner.

A votre autorité je viens m'abandonner.
Mais n'attendez jamais que, le premier au temple,
A nos Grecs étonnés, j'aille donner l'exemple.
Je n'avilirai point mon respect, ni ma foi ;
On me verra servir, non adorer mon Roi

ALEXANDRE.

Eh! bien, je punirai le sujet dont l'offense,
Insulte à mon pouvoir avec tant d'insolence.
Sortez.

SCENE III.

OXUS, & les précédens, hors Antipater.

OXUS.

SEigneur déjà . . . .
ALEXANDRE.
Qu'on me laisse un moment,
Toi, cher Oxus, demeure.

SCENE IV.

ALEXANDRE, OXUS.

OXUS.

AVec empressement,
J'ai conduit, en ces lieux, ce vieillard qu'on respecte.
Malgré le fol orgueil que ce mortel affecte,
Il n'est point insensible à l'éclat des Grandeurs.
Vos offres sauront bien amollir ses rigueurs.
Ne vous étonnez point de son abord sauvage.
C'est en bravant les Rois qu'il veut passer pour sage.
Feignez de l'admirer en sa témérité,
Et vous vaincrez par là sa vaine austérité.
Puis-je le faire entrer ?

Tu le peux. Ma puiſſance ;
De ce faible vieillard, doit fléchir l'arrogance.
Pourrait-il réſiſter ?

SCENE V.

ALEXANDRE, SOTER.

SOTER.

ME voici devant toi.
Tu m'as fait demander, qu'exiges-tu de moi ?

ALEXANDRE.

Poſſéder des vertus que j'honore & j'admire.
Te voir, t'interroger, t'écouter & m'inſtruire,
Sont mes vœux.

SOTER.

Je te plains de ce frivole ſoin.
De moi, de mes conſeils, tu n'avais pas beſoin.
Si tu veux pratiquer la vertu la plus pure,
Ses leçons ſont dans toi, conſulte la nature.
Si tu crois que je puiſſe, en l'état où je ſuis,
Amuſer ton loiſir & charmer tes ennuis,
Interroge un mortel que la vieilleſſe aſſiège ;
Je me rends à tes vœux .... fais moi donner un ſiége.

(Alexandre fait donner des ſièges ; Soter & Alexandre
s'aſſeyent.)

ALEXANDRE.

Dans ton ſéjour obſcur te cachant aux humains,
Tu dois les déteſter.

SOTER.

Que dis-tu ? je les plains,
Et les aime encor plus ; dans ſon erreur extrême,
La triſte humanité ſe déchire elle-même.
Loin de jouir en paix des faveurs que les Dieux,
Généreux, bienfaiſans répandent en tous lieux ;
L'homme par-tout méchant, l'homme à l'homme funeſte,

Surpaffe en cruautés la famine & la pefte.
Les monftres des forês font moins durs, moins cruels,
Que ne le font, entre eux, les perfides mortels.
Un peu d'or, & fouvent le plus léger caprice,
Ont dévoué la terre au meurtre, à l'injuftice.
Depuis le Souverain dont le front orgueilleux,
Semble vouloir atteindre à la hauteur des Cieux,
Jufqu'à l'efclave vil qui fous le poids des peines,
Ignore s'il eft homme, en foulevant fes chaînes,
Chacun, par un attrait funefte & deftructeur,
Veut de l'humanité devenir l'oppreffeur.
Hommes! que je vous plains! les Dieux vous firent naître,
Pour goûter le bonheur, pour le faire connaître.
Malgré les préjugés, malgré la paffion,
Vous fentez les douceurs de la compaffion;
Et d'un être fouffrant la touchante infortune,
Dans le fond de vos cœurs vous fuit, vous importune.
Vous naquîtes humains : rien ne peut effacer
Les trais que la nature a fû fi bien tracer.
Elle parle, on l'entend; hâtez vous de la fuivre.
Profitez de l'inftant que vous avez à vivre.

ALEXANDRE.

Tu ne peux, donc, Soter, contempler fans effroi,
La Majefté du Trône & le pouvoir d'un Roi.

SOTER.

L'homme ferait plus jufte & plus heureux peut-être,
S'il avait ignoré qu'il dût avoir un maître.
Mais il fallait des lois : pour les faire obferver,
Au deffus des mortels un Roi dût s'élever.
Il fallut qu'un pouvoir formidable, fuprême,
Sur la terre imitât le pouvoir du Ciel même.
Je chéris, il eft vrai, l'état républicain,
Mais je fais refpecter les droits d'un Souverain;
Et l'imperfection de la nature humaine,
Me force à préférer la Grandeur Souveraine.
Un Roi n'a qu'à parler, & foudain à fa vois,
Tout reconnait la force & l'empire des lois.
Plus fes foins font régner le calme & l'abondance,
Sur fes heureux fujès, plus il a de puiffance.
S'il eft d'un peuple immenfe & le père & l'appui,
Tous les biens qu'il répand réjailliffent fur lui.
A moins que le flatteur fans ceffe ne l'égare,
Un Roi de fes fujès jamais ne fe fépare.
S'il eft foumis aux lois, fi fon autorité,
Les fait exécuter avec fidélité,

Si du moindre sujèt calculant les alarmes ,
Du pouvoir despotique , il dédaigne les charmes ,
S'il sait régner enfin , que son nom est sacré !
Que ce mortel heureux est cher & révéré !

ALEXANDRE.

Mais si ce Souverain injuste & despotique ,
Se livrait aux abus d'un pouvoir tirannique ?

SOTER.

Il faut alors briser ce funeste pouvoir.
Obéir est un crime , oser tout , un devoir.
D'un despote orgueilleux , je hais moins l'insolence ,
Que d'un peuple opprimé , la basse obéissance.
On ne porte des fers que par sa lâcheté.
Il faut savoir mourir ou vivre en liberté.
Mais que je plains les Rois ! ils sont ce que nous sommes ,
Sujèts à se tromper plus que les autres hommes.
Sans cesse environnés d'ennemis , de méchans ,
Jaloux de pervertir leurs plus heureux penchans ,
Ils veulent repousser , envain , les injustices ;
On ouvre sous leurs pas les plus grands précipices.
Victimes trop souvent de cet art dangereux ,
Qui corrompt les vertus de leurs cœurs généreux ;
On les voit devenir oppresseurs téméraires ,
Des peuples malheureux dont ils étaient les pères :
Triste effet des conseils de ces vils corrupteurs
Qui trahissent leur Roi , la Patrie & leurs cœurs.

ALEXANDRE.

A quels signes , Soter , un Roi peut-il connaître
Parmi ses courtisans , l'homme juste ou le traître ?

SOTER.

Il est de ces mortels , lâches ambitieux ,
Ennemis de leur Prince & tirans odieux ,
Qui voudraient , du poignard dont leur main est armée ,
Immoler , d'un seul coup , la Patrie alarmée.
Ces cruels destructeurs de l'Empire & des lois ,
Couvrent leurs noirs projès du nom sacré des Rois.
Voilà les ennemis qu'un Monarque doit craindre ;
D'autant plus dangereux , que prêts à tout enfreindre ,
Ils osent annoncer , dans leur perversité ,
Le bien de la Patrie & de l'humanité.
Mais aux Rois détrompés , souvent le Ciel propice ,
A permis d'appeler l'ami de la justice.
Le défenseur du peuple & de sa liberté

E

Eſt le ſoutien du Trône & de Sa Majeſté.
Ce mortel généreux , ſans feinte , ſans ſoupleſſe ,
D'un fier Républicain a toute la rudeſſe.
Ses talens ſont ſes droits , ſes vertus ſes ayeux.
Il peut le diſputer au ſang même des Dieux.
Au milieu de la Cour , ſimple comme ſes pères ,
Son ame eſt noble & pure , & ſes mœurs ſont auſtères.
Si le Prince en ſes mains a verſé ſes tréſors ,
Du courtiſan avide , il brave les efforts.
Le bonheur de l'Etat , ſa ſplendeur & ſa gloire ,
Sont les ſeuls biens toujours préſens à ſa mémoire.
Il n'a point de faibleſſe ; & fidèle à ſon rang ,
Contre l'amitié même & les liens du ſang ,
Il préſerve ſon cœur : ce cœur incorruptible
A la ſéduction demeure inacceſſible.
Pour prix de ſes vertus , pour prix de ſes travaux ,
Il veut la récompenſe acquiſe aux vrais héros ,
La gloire. Elle le ſuit juſque dans ſa retraite.
Dépouillé des grandeurs , ſon ame eſt ſatisfaite.
Il peut, grand par lui-même & coulant des jours purs,
Interroger ſon ſiècle & les ſiècles futurs.
Si des plus grands malheurs ſa retraite eſt ſuivie ,
On le verra ſenſible aux pleurs de la Patrie ,
Toute ingrate qu'elle eſt , voler à ſon ſecours ,
Et lui ſacrifier ſa fortune & ſes jours.
C'eſt loin de ſes flatteurs , qu'un Roi pourra connaître
Le bien de ſes ſujets , l'homme juſte & le traître.
Qu'il aſſemble ſon peuple ; alors la vérité
Briſera les liens de ſa captivité.
Sans le peuple , il n'eſt point de pouvoirs légitimes.
Uſurper ſa puiſſance eſt le plus grand des crimes.
Cette uſurpation eſt le droit des tirans ,
Comme dans les forêts , c'eſt le droit des brigands.

ALEXANDRE.

Pour que l'autorité des Rois ſoit révérée ,
On doit autant qu'on peut , la rendre plus ſacrée.

SOTER.

Sans doute.

ALEXANDRE.

Ainſi , Soter , il eſt de ton devoir
De faire reſpecter toi-même mon pouvoir.
Je ne puis qu'admirer cette haute ſageſſe
Et ces vertus qui ſont les fruits de ta vieilleſſe.
Sois l'ami , le conſeil du plus puiſſant des Rois.
Viens régler ma conduite & viens dicter mes lois.

Je remets en tes mains , mes tréfors , ma puiffance,
Ne me refufes pas tes foins, ton affiftance.
Régner par tes confeils, c'eft tout ce que je veux.
Cette offre ferait-elle indigne de tes vœux ?
En ufant du pouvoir que ma main te préfente ,
Tu pourras protéger l'humanité fouffrante.
Des Mortels opprimés tu feras le foutien.
Tu profcriras le mal & tu feras le bien.
Ton cœur à ce plaifir eft-il inacceffible !
Au bonheur des humains ferait-il infenfible ?
Mais je demande un prix, un prix digne de moi ;
Le premier, à l'Autel, viens adorer ton Roi.
Tu détournes les yeux : confidère ma gloire.
Vois ce front que toujours couronna la victoire,
Vois le Trône du monde acquis à ma valeur,
Et la terre à mes pieds adorer fon vainqueur.

SOTER.

Le plus grand ennemi de la nature humaine
Eft le Roi deftructeur que la victoire entraîne.
Au nom de conquérant , je ne fais quel effroi
Me fait fubitement friffoner malgré moi.
Que de calamités ont affligé la terre ,
Depuis que tes fureurs ont allumé la guerre !
Nos champs , nos triftes champs autrefois cultivés,
Ne font plus aujourd'hui que de fang abreuvés ;
Des offemens humains, des armes fracaffées ,
Des vainqueurs, des vaincus dépouilles difperfées ,
Ont couvert cette terre où par d'amples moiffons ,
La nature annonçait le retour des faifons.
Les Citoyens n'ont pu conferver leurs afyles.
Le Soldat inhumain a dévafté les Villes.
La mere infortunée a , fur fon propre fein,
Vu fes enfans livrés au fer de l'affaffin.
Des femmes, des vieillards la faibleffe & les larmes
N'ont pu les arracher à la fureur des armes.
Contre l'humanité , des bourreaux conjurés,
Dans le fang des mortels fe font défaltérés.
Non ; il n'eft point de fils, ni d'époux, ni de père,
Qui ne demande un fils, une époufe, une mère.
Si tant de fang verfé, tant de deuil, tant de pleurs,
Si ces calamités, ces funeftes horreurs,
Sont, cruel conquérant , les fruits de ta victoire,
Pour l'honneur de ton nom , détruis en la mémoire.
Des malheureux mortels quiconque eft le fléau,
Doit de la vérité redouter le flambeau.

E 2

ALEXANDRE.

Je devrais à l'inftant punir ton infolence.
Je veux bien jufques-là diffimuler l'offenfe,
Et te donner le tems de me faire oublier
Que ta vaine arrogance ofa me défier.
Dis moi; dans tous les tems, la valeur admirée,
N'a-t-elle pas été hautement célébrée ?
Le Chantre de la Grèce a confacré fa voix
A célébrer Achille, à chanter fes exploits.
L'hiftoire en fes recis équitable & fidèle
Réferve aux conquérans une gloire immortelle.

SOTER.

Oui ; l'hiftoire, elle-même, en fes égaremens
N'a point craint de parer le front des conquérans.
Le lâche Hiftorien & le Chantre timide
N'ont que trop honoré la fureur homicide.
A l'exécration il eût fallu voüer
Les monftres deftructeurs qu'ils ont ofé louer.
Dans des tems plus heureux, les enfans du génie
Traîneront dans la boue & dans l'ignominie
Quiconque opprimera la faible humanité.
Ils inftruiront leur fiècle & la poftérité.
Bravant la tirannie, attaquant l'impofture,
Ils feront les foutiens des droits de la nature.
Leurs écris immortels graveront fur l'airain,
Les bienfaits ou l'abus du pouvoir Souverain.
Des bons, des mauvais Rois confervant la mémoire,
Ils couvriront leur tombe ou d'oprobre ou de gloire,
Et jamais les tirans ne pourront effacer
Les traits de vérité qu'ils auront fû tracer.

ALEXANDRE.

Mais, fi je puis encor, dans ton chagrin fauvage,
Entendre plus long-tems un difcours qui m'outrage,
Dis-moi par quels hauts faits je pouvais obtenir
L'augufte rang des Dieux où je veux parvenir ?

SOTER.

Nul n'a droit d'ufurper la majefté fuprême.
Mortel audacieux, vois ta faibleffe extrême.
En proie à la douleur, tu peux, à tout moment,
Te fentir déchîrer par un affreux tourment.
Le néant te pourfuit ; privé de la lumière
Ton corps viendra mêler fa cendre à la pouffière.
Si ton fatal orgueil n'eût fafciné tes yeux,
Exempt de préjugés, ton cœur plus généreux

A des lauriers fanglans eût préféré fans peine ,
La paix & le bonheur de la nature humaine.
Le fer qu'on aiguifa pour fa deftruction ,
Des champs fertilifés eût tracé le fillon.
La main qui dévafta les campagnes , les villes ;
Eût fervi l'induftrie & tous les ars utiles.
On eut vû . . . Mais pourquoi retracer à ton cœur
Des biens dont tu ne peux connaître la douceur.
Alors , la terre en paix , fous ton heureux empire. . . .

ALEXANDRE.

C'eft affez ; trop long-tems j'ai fouffert ton délire.
Gardes , qu'on m'en réponde.

SOTER.

     Ainfi devant les Rois,
Quand la vérité parle on étouffe fa voix.
Difpofe de mes jours, tu connaîtras peut-être ,
Que fouvent le fujèt eft plus grand que le maître.

(On l'emmène.)

ALEXANDRE.

Par quel trouble nouveau je me fens opprimer.
Ce mortel téméraire aurait pû m'alarmer !
Quelle voix dans mon ame ofe fe faire entendre!
Qui peut ainfi troubler le grand cœur d'Alexandre!
Bravons cette faibleffe & plus audacieux ,
Quand la terre eft foumife , égalons nous aux Dieux.

Fin du troifième Acte.

ACTE IV.

SCENE PREMIERE.

STATIRA, *feule.*

Ou s'adreffent mes pas ? chancellante , interdite ,
Je ne fais qu'augmenter le trouble qui m'agite.

Phœnix , ne revient point : mon facrilège époux ,
Aura t-il pû des Dieux , éviter le courroux ?
De tant d'impiété quelle fera l'iffue ?
Phœnix , tu tardes bien à t'offrir à ma vue.
Cruelle ! eft-ce a ce point , que tu trompes ma foi ?
Eft-ce là le fecours que j'attendais de toi ?
Tu peux bien rédoubler ma noire inquiétude ,
Mais foulages mon cœur de tant d'incertitude !
Je la vois ; la terreur eft peinte en fes regards.
Son voile eft déchiré ; fes cheveux font épars.

SCENE II.

STATIRA, PHŒNIX.

PHŒNIX.

Dieux puiffans ! dont on vient de braver la pu iffance
Dieux que nous implorons , cédez à la clémence !
Vous êtes outragés.

STATIRA.

Phœnix , explique toi ,
Achève dans mon fein de répandre l'effroi.

PHŒNIX.

Je l'ai vû votre époux ; oh ! facrilège audace !
Des Dieux , à l'autel même ofer prendre la place !
L'encens fume ; à l'inftant le temple eft ébranlé.
Les voutes ont frémi , l'autel s'eft écroulé.
La terre , en mugiffant , répand des vapeurs fombres.
L'air en eft infecté ; l'on voit errer des ombres.
On voit même fortir de fes gouffres ouvers ,
Les pâles habitans du féjour des enfers,
Le Ciel eft embrafé : la foudre éclate , gronde.
La mort femble planer fur les débris du monde.
Alexandre lui-même , interdit & fans voix ,
A connu la frayeur pour la première fois.
Il s'avance ; fouffrez qu'en ce malheur extrême ,
J'aille implorer des Dieux la clémence fuprême.

SCENE III.

STATIRA, ALEXANDRE.

ALEXANDRE.

DEs malheureux humains arbitres immortels ,
Je viens de profaner vos auguftes autels.
Ma chère Statira , dans l'effroi qui m'accable ,
Vois le funefte effet d'un orgueil déplorable.
Quoi ! je voulais des Dieux , renverfant le pouvoir ,
Ufurper leurs honneurs ! quel était mon efpoir ?
Vil jouet de l'erreur & méprifable Atôme ,
J'avais donc oublié que je n'étais qu'un homme ?
Ils ne m'ont épargné que pour mieux fe venger.
Jamais impunément , peut-on les outrager ?
Mes remords fuffiraient , au défaut du tonnerre ;
Mais leur juftice doit un exemple à la terre.

STATIRA.

Répouffez , cher époux , cette fombre terreur.
Un heureux repentir calme le Ciel vengeur.
De tous vos ennemis reconnaiffez l'ouvrage.
Le menfonge a tramé ce facrilège outrage.
Des flatteurs dangereux , vils efclaves des Cours,
Ont par leur langue impie , empoifonné vos jours.
Envain la vérité voulut fe faire entendre,
Les méchans ont furpris le grand cœur d'Alexandre.
Sachez , avec éclat , publier vos erreurs ;
Mefiez-vous encor des perfides flatteurs.
Sans doute , ils vous diront , dans leur audace extrême ;
Qu'un Roi s'avilirait , en avouant lui-même ,
L'erreur qui l'égara. Les ennemis des Rois ,
Jufqu'au dernier foupir font entendre leur voix.
Oh ! qu'un Monarque eft grand ! oh ! qu'il eft magnanime !
Qu'il montre à fes fujès une vertu fublime !
Quand repouffant l'orgueil qu'on voudrait lui donner ,
Aux yeux de l'univers , il fait fe condamner.

ALEXANDRE.

Coupable envers les Dieux d'un facrilège horrible,
Je fais quel eft mon crime ; il eft irremiffible ;

Mais Roxane à ma vue ose encor se montrer.
Perfide !... Et c'était toi que j'osais préférer !
Madame, éloignez-vous ; d'une lâche tendresse
C'est à moi d'expier la honte & la faiblesse.

SCENE IV.

ALEXANDRE, ROXANE.

ROXANE.

LE plus grand des mortels, le plus puissant des Rois
De son rang, de son trône anéantit les droits.
Quelle terreur subite & vous trouble & vous glace
Seigneur ?

ALEXANDRE.

Suis, jusqu'au bout, ta criminelle audace.
Exécrable flatteur ose encor espérer,
Qu'en subjuguant mon cœur, tu pourras m'égarer.
Les enfers t'ont vomie en leur noire vengeance.

ROXANE.

Seigneur....

ALEXANDRE.

Contente toi de garder le silence,
Monstre ; je ne veux point, en te donnant la mort,
Dans un sang aussi vil assouvir mon transport.
Pour préserver ma main des accès de ma rage,
Je fuis, en te laissant la honte pour partage.

SCENE V.

ROXANE, *seule.*

ORgueilleuse Roxane, as-tu bien entendu ?
Le Ciel te reservait ce coup inattendu.
Soins long-tems employés, déplorable artifice,
Vous creusiez sous mes pas un affreux précipice !
Vous n'offriez à mes yeux le trône & les Grandeurs,

Que pour mieux préparer ma honte & mes douleurs,
Un sombre désespoir succéde à mon attente.
Il ne me reste plus qu'une rage impuissante.
Heureuse Statira ! je te verrai jouir,
Du rang & des honneurs que j'allais te ravir.
Dans un affreux néant, tu me verras plongée,
Roxane pourrait vivre, & n'être pas vengée !
Mourons, puisqu'il le faut ; mais qu'un dernier effort
Illustre notre chûte & venge notre mort.
Je vis, & mon orgueil fait taire ma disgrace.
Il est d'autres chemins ouvers à mon audace.
Les soupirs, les regrès sont indignes de moi.
Vengeons-nous, dans le crime avançons sans effroi.
Cassandre est amoureux, il peut tout entreprendre.
D'un cœur désespéré j'ai droit de tout attendre.
Que le fer, le poison soient dans son bras vengeur ;
Qu'Alexandre périsse, & Cassandre a mon cœur.
Oui ; je sens que déjà mon ame impatiente,
Dédaignant ces soupirs qu'un vain caprice enfante,
Brule de couronner cet intrépide amant,
Qui servira ma haine & mon ressentiment.
Il paraît, c'est lui-même. Antipater s'avance.
Suspendons un instant le soin de ma vengeance.
Je reviendrai bientôt.

SCENE VI.

ANTIPATER, CASSANDRE.

ANTIPATER.

Oui ; tous les Grecs, mon fils,
Lassés d'un joug honteux font entendre leurs cris ;
Ces Guerriers généreux n'ont quitté leur Patrie,
Prodigué si long-tems & leur sang & leur vie ;
Par les plus grands travaux asservi l'univers,
Que pour se préparer les plus indignes fers.
Le prix de leurs vertus, le prix de leur courage,
Est donc pour ces Guerriers la honte & l'esclavage.
Oh ! Macédoniens, peuples, qui les premiers,
Pour ce Monarque ingrat cueillîtes des lauriers,

Laifferez-vous ainfi votre valeur éteinte ?
Signalez les tranfports dont votre ame eft atteinte.
Brifez ce joug honteux & fi peu mérité.
Laiffez un grand exemple à la poftérité . . . .
Mais vous ne dites rien ; votre cœur eft de glace.
Vous femblez repouffer ma généreufe audace.
Je vous avais crû libre & c'eft avec effroi ,
Que j'apprends que mon fils eft indigne de moi.

CASSANDRE.

Seigneur , à tous mes maux n'ajoutez point l'outrage.
Comme vous', je fuis libre & je crains l'efclavage.
Plus que vous, je voudrais , plein d'une noble ardeur,
De nos Grecs irrités devenir le vengeur.
Mais Alexandre règne , & quoi qu'il nous offenfe ,
C'eft au Ciel , . . . non à nous qu'appartient la vengeance.

ANTIPATER.

Né pour ramper fous lui, quoi vous faurez fouffrir ,
La honte , le mépris !

CASSANDRE.

Non , je faurai mourir.

ANTIPATER.

Mon fils ; ou mon pouvoir n'eft plus qu'une ombre vaine,
Ou vous allez fervir ma vengeance & ma haine !
Du deftin qui m'accable éprouvant le courroux ,
Il ne m'eft plus permis que d'efpérer en vous.
Recevez ce poifon.

CASSANDRE.

Qu'ofez-vous en attendre ?

ANTIPATER.

Vous tenez dans vos mains la coupe d'Alexandre ,
C'eft affez m'expliquer.

CASSANDRE.

Sa coupe eft , dans mes mains ,
Le dépôt de l'honneur.

ANTIPATER.

Rempliffez mes deffeins.
La première des loix eft de fervir fon père.
L'honneur ne connaît pas de devoir plus févère.

CASSANDRE.

Je demeure immobile , & ne puis exprimer ,
Tous les maux à la fois qui viennent m'opprimer.

Un Roi, mais un rival, un père, une maîtreſſe,
Le devoir & l'amour, l'honneur & la tendreſſe...
C'en eſt trop pour un cœur dès long-tems déchiré.
Que de calamités dont je ſuis entouré !
Dût le Ciel ſur mon front placer le diadême,
Dût l'amour à mes pieds conduire ce que j'aime,
Je n'obéirai point ; le crime eſt loin de moi.
Alexandre eſt mon maître, Alexandre eſt mon Roi.

ANTIPATER.

Votre cœur, qui s'égare, en prétextes fertile,
Se livre aux mouvemens d'une vertu ſtérile.
J'en reſpecte la cauſe & j'en crains les effès.
Croyez-vous donc, mon fils, qu'injuſte en mes projès,
Je n'aie, ainſi que vous, cédant à ma colère,
Balancé tous les droits d'une vertu ſévère.
Ce n'eſt point votre Roi que vous allez trahir ;
C'eſt un deſpote altier que vous devez punir.
Ah, mon fils, n'attends pas qu'un tiran implacable,
Aſſouviſſe ſur nous ſa haine impitoyable.
Sur ſes propres amis ſon fer toujours levé,
Te montre de quel ſang il veut être abreuvé ?
Clitus, Parménion, ces héros qu'on révère,
Ont ſubi le deſtin qu'on réſerve à ton père.
Étouffe, s'il le faut, un amour trop fatal.
On peut abandonner l'amante à ſon rival.
Mais tu ne peux, ſans crime, abandonner ton père,
Aux fureurs d'un tiran farouche & ſanguinaire.
Caſſandre, n'attends pas que d'un reſte de ſang,
Reſpecté par la guerre, on épuiſe mon flanc.
On veut flétrir mes jours par une mort honteuſe.
Aſſure à ma vieilleſſe une fin glorieuſe.
Élève tes regards ; & plus ambitieux,
Vois un Trône éclatant, quand il brille à tes yeux.
Il eſt tems de régner ; la trame eſt préparée.
Des Principaux Guerriers la foi m'eſt aſſurée.
On diviſe l'empire & le partage eſt fait.
De mes vaſtes deſſeins tu ſuſpends ſeul l'effet.
Prends ce poiſon, mon fils.

CASSANDRE.

                  De mon obéiſſance,
N'attendez rien ; l'effort ſurpaſſe ma puiſſance.
Arrachez moi la vie.

ANTIPATER.

              Et tu peux héſiter ?
Fils ingrat, quand ton père eſt prêt à tout tenter !

Ce que tu ne peux point, je le pourrai moi-même.
Je te ferai rougir de ta faibleſſe extrême.
Mais, non : j'eſpère mieux de ton amour pour moi.
J'attends tout de ton cœur & me livre à ta foi.
Qu'Alexandre périſſe ou que ton père expire.
Prens, te dis-je, obéis. Ce mot doit te ſuffire.

SCENE VII.

CASSANDRE, ſeul.

JE n'obéirai point ; quelque ſoit ſon pouvoir ;
Lui refuſer ma main, c'eſt mon premier devoir.
Qui, moi ! j'irais verſer dans le ſein d'Alexandre
Le poiſon... ah ! mon pere, avez-vous pu l'attendre ?
Dans un fils vertueux, vous cherchez l'aſſaſſin
De ſon Roi, de ſon maître, exécrable deſſein !
Père injuſte & cruel ! non, je ne puis le croire.
Du plus noir des projès étouffons la mémoire.
Mais, Roxane, en ce jour, dans les bras d'un époux,
D'Alexandre ! ... à ce nom, je frémis de courroux,
L'amant héſite-t-il, quand l'amour veut un crime ?
A Mes tranſports jaloux tout paraît légitime.
Dieux qui me protegez arrachez de mon cœur
Ces doutes criminels, cette lâche fureur...
Il eſt donc des momens où l'ame infortunée
A l'horreur des forfaits ſe voit abandonnée.
Père, maîtreſſe, amour, j'abjure tous vos droits ;
L'honneur ſeul me commande & j'écoute ſa voix.
Roxane vient, faut-il que, dans ce trouble extrême,
Pour augmenter mes maux, elle s'offre elle-même,
Sort injuſte & barbare, avec trop de fureur,
Tu viens perſécuter & déchirer mon cœur.
Fuyons.

SCENE VIII.

ROXANE, CASSANDRE.

ROXANE.

L'Ingrat me fuit ; hélas ! tout m'abandonne.
Cassandre... amant cruel ! non Cassandre... pardonne
Au trouble où tu me vois. Fuis ; cher amant, ah ! fuis.

CASSANDRE.

J'accours pour vous servir.

ROXANE.

En l'état où je suis,
Tu ne peux rien pour moi. Ton secours m'est funeste.
Un affreux désespoir est tout ce qui me reste.

CASSANDRE.

Madame , expliquez-vous ; quel est ce changement
Qui vous ramène en pleurs aux pieds de votre amant ?
Commandez.... j'avais cru qu'un trône, qu'Alexandre
Valaient bien les soupirs du malheureux Cassandre ;
Et dans mon triste sort , bannissant tout espoir ,
Je fuyais de ces lieux pour ne vous plus revoir.

ROXANE.

Un trône , des grandeurs , unrival que j'abhorre ,
Valent-ils les soupirs d'un amant que j'adore ?
Il n'est plus tems de feindre ; il faut que mon amour
Trop long-tems déguisé se montre sans détour.
Dans le fonds de mon cœur ne saviez-vous pas lire ,
Ce qu'il ne pouvait taire & ce qu'il n'osait dire ?
Des soupirs étouffés démentaient mes rigueurs.
Pouviez-vous vous méprendre à mes feintes froideurs ?
Plus l'amour est contraint , plus il se fait entendre ;
Et l'amant rebuté ne sait point s'y méprendre.
Esclave d'un pouvoir que je n'osais braver,
Je détestais la main qui voulait m'élever,
Et je cachais mes feux ; plût aux Dieux que mon ame
N'eût jamais dévoilé le secret de sa flamme.
Je ne puis , sans frémir , me rappeler le jour
Funeste à tous les deux par un fatal amour.

J'étais dans ce Palais , fous de brillantes chaînes.
Ma grandeur ne m'offrait que foucis & que peines.
Je ne fais , dans mon cœur , quel noir preffentiment
Me préfageait des jours dévoués au tourment.
Je vous vis , jeune encor , & tout couvert de gloire ,
Fier des lauriers reçus des mains de la victoire ,
Impatient d'atteindre à de plus grands hafards ;
Laiffer tomber fur moi de timides regards.
Vous ne refpiriez plus une fureur fauvage.
L'amour embelliffait lui-même fon ouvrage.
Vous en aviez les traits , les graces , la douceur ;
Je crus le voir en vous , il était dans mon cœur.
J'avais , jufques alors , méprifé fa puiffance.
Qu'il fait bien fe venger de tant d'indifférence !
Malheureufe ! il fallut & démentir mes feux ,
Et cacher dans mon fein mes déplorables vœux.
Il fallut dérober un amour téméraire
A des regards jaloux , foupirer & me taire.
J'affectai des dédains. Vous avez pu me voir
Ofer vous ordonner de bannir tout efpoir.
Malheureufe ! & c'eft moi , dans ma fureur extrême ,
Qui , par un aveu libre , ai trahi ce que j'aime.
Je fuccombe.

CASSANDRE.

Eft-ce ainfi , qu'au faîte du bonheur ,
Je dois d'un fort cruel redouter la rigueur.
Je ne puis concevoir cet étrange affemblage
De maux & de douceurs. Quel eft donc ce langage ?
Madame, expliquez-vous. Mon cœur , en ce moment ,
Lutte entre l'infortune & le raviffement.

ROXANE.

Oui , je vais m'expliquer ; apprens donc , cher Caffandre,
Que mon funefte amour eft connu d'Alexandre.
Heureufe d'avoir pu cacher à fon courroux ,
L'amant qu'il eût déja percé de mille coups.
J'allais être bientôt victime couronnée,
De ce maître abfolu l'époufe infortunée.
Il preffait cet himen , & moi , qui , jufqu'alors
Avais trop efpéré de mes faibles efforts ,
Je fentis que malgré toute ma réfiftance ,
Je ne pouvais braver l'amour & fa puiffance ,
M'arracher des liens d'un amant adoré ,
Pour frémir dans les bras d'un amant abhorré.
J'héfite , je palis ; Alexandre en alarmes ,
M'interroge , me preffe , il voit couler mes larmes.

Mais foulageant enfin un cœur trop opprimé,
J'ofe avouer que j'aime & qu'il n'eft point aimé.
Je vois alors fes yeux, fes traits, tout fon vifage,
Palir de défefpoir & s'enflammer de rage.
Je tends vers lui mes mains, je tombe à fes genoux.
Je veux, envain, fléchir fon funefte courroux.
Perfide ! m'a-t-il dit, je fufpends ma vengeance,
Mais, il n'eft qu'un moyen d'obtenir ma clémence.
Nomme moi mon rival ; que cet audacieux
Périfle ; je le veux immoler à tes yeux.
Je vois briller le fer dans fa main fanguinaire.
Il ne peut m'arracher un aveu téméraire.
Moins vaincu que laffé, le cruel, en partant
Ne me donne qu'un jour pour nommer mon amant.

CASSANDRE.

Nommez moi donc, Madame. Au gré de fon attente,
Le plus affreux tourment n'a rien qui m'épouvante.
Caffandre eft donc aimé ! Caffandre a vôtre cœur !
Mes jours me font-ils chers au prix de ce bonheur ?

ROXANE.

Ingrat, tu voudrais donc que, perfide & barbare,
J'armaffe contre toi la main qui nous fépare,
Pour t'offrir, en victime, à ce rival jaloux,
Dont tu veux affouvir l'implacable courroux.
Connais mieux ta Roxane ; elle faura deffendre
Un amant genéreux des fureurs d'Alexandre.
Elle faura mourir..

CASSANDRE.

Quel eft donc ce tyran ?
Qui de tant de malheurs eft l'injufte artifan ?
Eft il maître abfolu de tout ce qui refpire ?
Les cœurs mêmes font-ils foumis à fon empire ?
De ce joug odieux, je fuis trop revolté.
L'homme recouvre enfin fes droits, fa liberté.

ROXANE.

Je ne puis oppofer que des foupirs, des larmes,
De mon fexe opprimé faibles & vaines armes.
Mais je faurai braver les tourmens & la mort,
Et venger nôtre amour par ce dernier effort.

CASSANDRE.

Non, vous ne mourrez point.

ROXANE.

Oubliez vous, Caffandre ,
Qu'on ne peut fe fouftraire au pouvoir d'Alexandre ?
Un guerrier généreux ne peut voir fans fureur ,
La tirannie ouverte a fon perfécuteur.
Mais, malgré tant d'amour , malgré tant de courage ,
Caffandre, il faut fubir un honteux efclavage.

CASSANDRE , *à part*.

Sort cruel , ennemi de toutes mes vertus !
Mes effors contre un père étaient donc fuperflus.
Sort cruel ! faudra-t-il que ma main obéiffe ,
Ou faudra-t-il fouffrir que Roxane périffe ?

ROXANE. *à part.*

Il héfite, achevons , la victime eft à moi.
Seigneur , vous vous taifez : quel eft donc cet effroi ?
De tant de lâcheté Roxane eft indignée.
Montrons-nous au-deffus de notre deftinée.
Je faurai m'arracher des mains de ton rival.
Je faurai dans mon fein plonger le coup fatal ;
Et mes derniers foupirs, libres comme mon ame ,
Porteront chez les morts ton image & ma flamme.
Si l'amour , de fes fleurs avoit femé mes jours ,
Il me ferait cruel d'en voir finir le cours !
Hélas ! d'illufions mon ame enveloppée,
Par de douces erreurs fut quelque fois trompée.
Je cédais à l'efpoir d'un avenir heureux.
Le ciel même devoit un prodige à nos feux.
Je te voyais armé contre la tirannie,
Protéger notre amour & deffendre ma vie.
Par de nobles efforts fignaler ton couroux ,
Et le tiran lui-même expirer fous tes coups.

CASSANDRE.

Ma Roxane , écoutez .... non , je n'ai rien à dire ....
La parole à l'inftant fur mes levres expire.
Roxane, au nom des dieux , vivez , c'eft votre amant,
Qui , d'un trépas cruel doit braver le tourment.
Qu'il m'eft doux de mourir !

ROXANE.

Ofes-tu bien encore ,
Confirmer un projet, que tout mon cœur abhore ?
Tu ne connus jamais l'amour ni fon pouvoir.
Ingrat , perfide amant, renonce à cet efpoir ,

On

Ou bien , crains que mon cœur , tout entier à sa rage ,
Ne convertisse en haine , un amour qui l'outrage.
Je percerai mon sein ; dans l'empire des morts ,
Je te ferai rougir de tes honteux efforts.

CASSANDRE.

Eh ! bien , il faut parler ; connois tout , chère amante ,
Vois ce vase ... il est plain d'une liqueur brulante ,
Antipater lui-même , en mes mains l'a remis.
Ma Roxane ... à ta foi ce secret est commis.
Mon père , (que ne puis-je en perdre la mémoire !)
Veut par cet attentat , que je souille ma gloire.
Il vient de m'ordonner de porter dans le sein
D'Alexandre , mon Roi , ce breuvage assassin.
Je vais lui présenter la coupe empoisonnée.
Mon ame je le sens , au crime est destinée.

ROXANE. (*avec vivacité.*)

Dis plutôt , à venger l'amour , la liberté.
La gloire ici s'allie à l'intrepidité.
Ne perdons point de tems ; à Roxane fidèle ,
Hâtes-toi de courir où ton devoir t'appelle.
Ton rival immolé , reviens auprès de moi ,
Et je couronnerai ta constance & ta foi.

Fin du quatrième Acte.

ACTE V.

SCENE PREMIERE.

STATIRA, SOTER.

SOTER.

Quelle divinité bienfaisante & sensible
Vient m'arracher des fers d'une prison horrible ?
Un Vieillard malheureux , sans appui , sans secours ,
A-t-il pu mériter qu'on conservât ses jours ?

G

Madame, fuis-je aux piès de ma libératrice ?
Soter a-t-il en vous trouvé fa protectrice ?
Sur un front ingénu tant d'attrais répandus
Me font un fûr garant de toutes vos vertus.
Si mes fers font brifés, ce bien eft votre ouvrage.
Je vous le dois, Madame ; acceptez mon hommage.
Jouiflez du plaifir de faire des heureux.
Que ce plaifir eft pur ! c'eft le bonheur des Dieux.

STATIRA.

Refpectable vieillard, qu'immola le caprice,
Je viens pour réparer les tors de l'injuftice.
Je viens même à vos piès déplorer les erreurs
D'un Roi qu'ont égaré de coupables flatteurs.
Vous voyez Statira, l'époufe d'Alexandre.
A l'eftime d'un fage, elle n'ofe prétendre.
Ah ! fi les Dieux clémens favorifent mes vœux,
Je dois tout efpérer de vos foins généreux.
Mon époux, qu'abufait la baffe flatterie,
Ne paya vos confeils que par la tirannie.
Cet exemple à jamais doit inftruire les Rois,
Qui de la vérité repoufferaient la voix.
Alexandre, en bravant votre fage affiftance,
A des Dieux offenfés mérité la vengeance.
Il ufurpait le rang & les honneurs divins.
Les Dieux l'ont menacé par des fignes certains.
Il fe répent, Soter ; ce repentir fincère,
J'ofe ainfi l'efpérer, fléchira leur colère.
Mais, vous qu'il outragea, ferez-vous affez grand,
Pour ne point refufer le pardon qu'il attend ?

SOTER.

Madame ; eh ! quel pardon ce Roi doit-il attendre
D'un fujèt tel que moi ? Je fuis prêt à répandre
Mon fang, pour le fervir ; j'en attefte fon cœur.
Quand il me puniffait, il cédait à l'erreur.
Si de quelque courroux mon ame était capable,
J'en voudrais, tout au plus, au miniftre implacable,
Qui, fier d'exécuter des ordres rigoureux,
Agrava méchament, le fort d'un malheureux.
Il faut abandonner au mépris qu'il mérite,
Cet Efclave gagé, cet obfcur Satellite.

STATIRA.

Les Souverains feraient plus heureux, plus puiffans,
Si toujours ils étaient juftes & bienfaifans.

SOTER.

La loi feule a le droit de frapper le coupable.
Son glaive eft protecteur autant que formidable.
Il défend l'innocence , il punit les forfais ;
Mais le Monarque heureux règne par fes bienfais.
La terre eft aujourd'hui fous le pouvoir d'un maître.
Vous en êtes l'époufe & l'amante peut-être ,
Madame ; ma vieilleffe & mon auftérité
Me laiffent difcerner l'éclat de la beauté.
Je puis chérir en vous un fi frêle avantage ,
Si du bonheur commun il doit être le gage.
Quel autre mieux que vous , peut captiver le cœur
De ce maître abfolu , de ce héros vainqueur.
Les attrais dont le Ciel orna votre perfonne ,
Au défaut du deftin , vous devaient la couronne.
Poffédez-là long-tems ; qu'elle foit en vos mains
Le garant précieux du bonheur des humains !
Inftruit par vos leçons , que l'heureux Alexandre
N'ait plus que des bienfais fur la terre à répandre.
Répétez-lui toujours que régnant par la loi ;
Ceffant de l'obferver , il ceffe d'être Roi.
Le defpote , à fon gré , peut ravager la terre.
Mais du peuple opprimé qu'il craigne la colère.
Si l'infurrection eft un fatal moyen ,
Il rend le fujèt libre & le Roi Citoyen.

STATIRA.

Si je puis conferver l'amour de ce Monarque ,
Le bonheur de fon peuple en doit être la marque.
Vous ayant pour confeil , que ne fera-t-il pas ?
Venez ; jufques à lui , je conduirai vos pas.

SCENE II.

ANTIPATER, LISANDRE.

ANTIPATER.

OUi , Lifandre , oui , mon fils , en fa folle imprudence
A fait de mes projès la lâche confidence.
Roxane en eft inftruite ; & c'éft elle en ce jour ,
Qui , de ce fils ingrat a fu fléchir l'amour.

Timide & vertueux , il n'osait pour un père
S'abandonner au crime : il était nécessaire...
Mais Roxane a parlé ; Roxane a remporté ,
Ce que n'ont pu mes soins & mon autorité.
Tu me connais trop bien , pour soupçonner mon ame,
D'envier ce triomphe aux efforts de sa flamme.
Si je vois , en ce jour, mes projès accomplis ,
Je consens que l'amant fasse oublier le fils.
Mais il fallait couvrir des ombres du mystère
Ce projèt important que mon fils n'a pu taire.
Sans le besoin que j'ai , Lisandre , de ton bras ,
Ce secret important , tu ne le saurais pas.
J'avais pu , connaissant ton zèle & ta tendresse ,
Te faire pressentir ce que dans ma détresse
J'osais ; le reste était étranger à ta foi.
Mon fils seul suffisait entre les Dieux & moi.

LISANDRE.

Seigneur ; de vos projès qu'elle sera l'issue ?

ANTIPATER.

Mon espérance , ami , ne sera point déçue.
Roxane a cru séduire un Courtisan rusé ,
Comme elle avait séduit un amant insensé.
Feignant de se montrer sensible à ma fortune,
Et voulant prévenir une chûte commune ,
Elle n'avait servi l'amour & son transport
Que pour nous arracher aux disgraces du sort.
Elle vantait mon nom , elle vantait ma gloire.
Fait pour vivre à jamais au temple de mémoire ,
Je surpassais déja nos plus fameux guerriers ;
Un héros tel que moi , le front ceint de lauriers ,
N'avait qu'à se montrer , pour obtenir sans peine ,
D'Alexandre expirant la grandeur Souveraine.
Elle-même insensible à toute autorité
Voulait être rendue à son obscurité.
Que te dirai-je enfin ? dans elle j'ai cru lire
Le dessein de ranger mon cœur sous son empire.
Avec quelle pitié , j'ai vu ses vains efforts,
D'une feinte inutile épuiser les ressorts !

LISANDRE.

Ainsi , Roxane fait que , de vos mains , Cassandre
Tient le poison par qui doit périr Alexandre.
Lavez-vous avoué ?

ANTIPATER.

Vivement agité ,
Mon esprit incertain a long-tems hésité.
Convenir que j'avais moi-même ourdi la trame ,
C'eût été me livrer aux mains de cette femme.
Désavoüer Cassandre eût fait appercevoir ,
En cachant mes projès , quel était mon espoir.
D'ailleurs Roxane eût pu , voyant ma défiance ,
D'un seul mot , pour toujours arrêter ma vengeance.
J'ai fait , ce que j'ai dû. Par de vagues discours ,
J'ai flatté sa tendresse & vanté ses secours ;
Et sans rien découvrir , j'ai feint de tout attendre
De qui s'intéressait au bonheur de Cassandre.
Le tems presse , & bientôt l'univers étonné
A des maitres nouveaux doit être abandonné.
Puis-je compter sur toi ?

LISANDRE.

Le doute est une offense.
Comptez , Seigneur ; comptez sur mon obéissance.

ANTIPATER.

Il suffit ; à l'instant qu'un poison destructeur
Déchirera le sein du superbe vainqueur ,
Veille aux jours de Cassandre & que Roxane expire.
Le reste est un secret que je pourrai te dire.
Cours pour tout consommer , mais Roxane paraît.
Garde-toi de laisser transpirer mon secret.
Je brûle de te joindre ; il faut , usant de feinte ,
D'un moment d'entretien essuyer la contrainte.

SCENE III.

ANTIPATER , ROXANE.

ROXANE.

SEigneur ; toute égarée , en proie à mes remords ,
D'un cœur qui s'oublia je maudis les transports.
Eh ! quoi, pour vous servir , pour élever Cassandre ,
J'ai pû lui conseiller dans le sein d'Alexandre
De verser le poison : ah ! coupable projet !
Grand dieu ! quel en sera le trop sinistre effet ?

Arrachez de ſes mains le breuv age homicide.
Caſſandre ... Mon amant ... ſera-t-il paricide?
Seigneur, vous vous taiſez ....

ANTIPATER.

Madame, un tel effroi,
M'alarme & me ſurprend. Qui jamais plus que moi,
Partagea vos terreurs ? au déclin de mon âge,
Pour vous, je puis encor ſignaler mon courage.
Diſpoſez de mon bras. Quels coups faut-il porter ?
Quel danger vous ménace & que dois-je tenter ?
Dans les mains de nos Grecs, je vais mettre les armes.
Je veux par mes efforts détruire vos alarmes,
Et vous faire régner. Je vous laiſſe, je cours,
De nos Guerriers pour vous implorer le ſecours.

SCENE IV.

ROXANE, ſeule.

IL fuit, il m'abandonne, il échappe à ma vue,
Il attend le ſuccès .... mon attente eſt déçue.
Trop ruſé courtiſan, tu ne m'abuſes pas !
Je démêle la feinte & vois ton embarras.
Crains ton fils ; je le puis armer contre toi-même.
J'attends ce crime, amour, de ton pouvoir ſuprême ?
Oui, ton fils .... il parait ; ſombre, déſeſpéré,
Achevons d'accabler cet amant égaré.

SCENE V.

CASSANDRE, ROXANE.

CASSANDRE.

FUis malheureuſe, fuis, épargne à ta victime,
Après ce noir forfait, un meurtre légitime.
Le poiſon eſt verſé. Cruel, horrible amour !

Que ne m'arrachais-tu la lumière du jour?
Mon cœur est dévoré par des vautours avides.
Je vous entends siffler sanglantes Euménides !
Les enfers ont pour moi des supplices trop doux.
De ta roue, Ixion, réserve-moi les coups . . . .
Son sang est embrasé ; le poison le déchire.
Mon Souverain, mon Maître, hélas ! bientôt expire.

ROXANE.

Seigneur, ce désespoir . . . .

CASSANDRE.

                            N'offre plus à mes yeux,
De toutes tes noirceurs l'assemblage odieux.
Tu n'es plus que l'horreur de toute la nature . . . .
Je ne soupçonnais pas ton ame d'imposture.
Les Dieux m'ont éclairé ; mais, hélas ! c'est trop tard.
Je maudis ta beauté, je frémis de ton art.
J'avais pû triompher de la fureur d'un père.
Mes vertus ont bravé sa haine, sa colère,
Malheureuse ! & c'est toi . . . .

ROXANE.

                            Vous pouvez oublier . . .

CASSANDRE.

Fuis, te dis-je, ou ce fer va bientôt expier. . . .

SCENE VI.

CASSANDRE, seul.

ELLE fuit . . . . Malheureux ! dans ma fureur extrême,
Accablé de remords, je sens encor que j'aime.
Quel est donc ton pouvoir ? après un tel forfait,
Impitoyable amour ! seras-tu satisfait ?
Antipater parait : qu'il me faut de courage,
Pour souffrir sa présence & retenir ma rage!

SCENE VII.

CASSANDRE, ANTIPATER.

CASSANDRE.

L'Amour a triomphé ! fecondant votre efpoir ,
Votre fils s'eft fouillé du crime le plus noir.

ANTIPATER.

Sortez de ce Palais, c'eft moi qui vous Pordonne.

CASSANDRE.

Seigneur, mon fang fe glace & tout mon corps friffonne ,

ANTIPATER.

Fuyez, vous dis-je , ou bien votre père irrité,
Vengera le mépris de fon autorité.
Lifandre vous attend: inftruit de ma vengeance ,
Il conduira vos pas avec pleine affurance.
C'eft affez.

CASSANDER.

Oui , je fuis. Je veux vous obéir.
Mais de ce noir forfait vous pouvez feul jouir.
Je vais trancher le cours d'une vie exécrable ,
Et venger par ma mort un crime abominable.

SCENE VIII.

ANTIPATER , *feul*.

MEs projés , mon attente & mes vœux font remplis.
Lifandre doit veiller fur Roxane & mon fils.
L'une doit par fa mort payer ce facrifice,
Etouffer dans fon fang le crime & fon complice.
L'autre , en proie aux effors d'un lache défefpoir ,
Par les foins de Lifandre apprendra fon devoir.

On

On fauvera fes jours d'une rage impuiffante.
Il oublira bientôt , l'amour & fon amante.
Des foins plus importans , fa gloire , fa grandeur ,
Le vengeront affez dés faibleffes du cœur.
Tout feconde mes vœux. Quelle eft donc cette crainte,
Dont je fens , malgré moi , que mon ame eft atteinte ?
Quand les plus grands fuccès couronnent tes effors ,
Heureux Antipater. , brave de vains remords.
Hâte-toi de jouir ; la vieilleffe tremblante ,
Te donne un feul inftant pour combler ton attente ;
Et tes pas chancelans fur le bord du tombeau ,
Sont près à te ravir un triomphe fi beau.
Règne & meurs ; c'eft affez pour affurer ta gloire ,
Et pour éternifer ton nom & ta mémoire.
Mais , j'apperçois Lifandre.

SCENE XIX.

ANTIPATER, LISANDRE.

ANTIPATER.

Ami , je t'attendais.
Tes fecours peuvent feuls raffurer mes projès.

LISANDRE.

De Roxane , en ces lieux , j'épiai la conduite.
Je l'ai vue. Elle allait échapper par la fuite ,
Quand mes amis & moi , promps au premier fignal ,
L'entourons , dans nos mains tenant le fer fatal.
N'approchez pas , dit-elle , à mon trépas propice
Ce bras confommera ce nouveau facrifice.
Je maudis les erreurs de mon illufion ,
Il eft tems d'expier ma folle ambition.
A l'inftant , de fon glaive elle tombe frappée.
Des ombres de la mort elle eft enveloppée.
Mais Caffandre furvient. Il la voit expirer.
Il fent , à fon afpect , fon cœur fe déchirer.
Il faifit fon poignard pour fe percer lui-même.
On l'entoure , on l'arrache à fa fureur extrême.
Il tombe dans nos bras. Rempliffant mon devoir,
J'ofe , au nom de fon père , employer le pouvoir ,
Et confier fes jours à la garde fidèle ,
D'une troupe d'amis qu'unit un même zèle.
Alexandre eft en proie aux plus vives douleurs.

H

ANTIPATER.

Ami , soupçonne-t-on le crime & ses auteurs ?
Que je crains !

LISANDRE.

Non , Seigneur , les ombres du mystère ,
Couvriront à jamais ce crime nécessaire.
Le bruit court que l'ivresse a porté dans le sein
D'Alexandre , sa flamme & son brûlant venin.

ANTIPATER.

Suivi de ses Guerriers , on emmène Alexandre.
Laisse-nous , & sur-tout vas veiller sur Cassandre.
Pour moi , plus que jamais plein , de mes haus projés ,
Je reste & j'en vais voir consommer le succès,

SCENE DERNIERE.

ALEXANDRE , *suivi de Guerriers Grecs &*
Persans , porté sur un lit de repos , ayant à sa
droite STATIRA & SOTER *à sa gauche ,*
ANTIPATER *se mêle dans la foule des*
Guerriers,

ALEXANDRE.

Quelle horrible douleur ! . . . Des flammes dévorantes ,
Consument lentement mes entrailles brulantes.
Les Chefs de mes États sont-ils tous rassemblés ?

SOTER.

Les Grecs & les Persans par votre ordre appelés ,
Tramblans & consternés , sont en vôtre présence.
On lit le désespoir dans leur morne silence.

ALEXANDRE. (*Il lui serre la main.*)

Mon ami , ... Vous pleurez , fidèle Statira ,
Vous que ma cruauté si long-tems affligea.

STATIRA.

Cher Époux !

ALEXANDRE.

Suspendez ces cruelles alarmes.
Ma Statira , je suis indigne de vos larmes.
Bientôt , tous ces guerriers , pour obtenir mon rang ,
Vont ravager la terre & l'abreuver de sang.
C'est dans un sombre effroi , que mon ame contemple ,
Tant de scènes d'horreur dont j'ai donné l'exemple.

Des empires détruis , des Citoyens armés ,
Préfagent trop de maux aux mortels alarmés.
Il eſt dans les enfers un Juge inexorable.
Il a lancé ſur moi ſon regard effroyable.

SOTER.

La clémence des Dieux,...

ALEXANDRE.

Il n'en eſt point pour mei.
Si j'étais un mortel obſcur:... mais je fus Roi.
Soter , tu comprens bien tout ce que je veux dire.
Se charge-t-on envain du deſtin d'un empire ?
Plus le pouvoir des Rois eſt grand, & plus les Dieux
Jugent ſévèrement ces maîtres orgueilleux.
La juſtice éternelle & toujours attentive ,
N'abandonne jamais l'humanité plaintive.
Des hommes raſſemblés font-ils un vil troupeau
Sous la main d'un tiran , ſous le fer d'un bourreau ?
Vous , Statira , fuyez le tumulte des Villes.
Allez finir vos jours dans les plus ſains aſiles.
Détournez vos regards de ce Trône odieux ,
Où je fus appelé par le courroux des Dieux.
Quelquefois vers le Ciel, levez des mains tremblantes.
Le Ciel doit un prodige à ces mains ſuppliantes.
S'il peut être fléchi ; dans le fonds des enfers ,
Vos vertus ſuſpendront mes ſupplices divers.
Vous Guerriers , recevez ma volonté dernière....
Quelle ſombre vapeur vient fermer ma paupière ?
Je ne puis achever.

STATIRA.

Je le ſerre en mes bras.
Dieux puiſſans , éloignez ce funeſte trépas ,
Conſervez mon époux !

SOTER.

Du trône & de l'empire
Nommez le ſucceſſeur.

ALEXANDRE.

Le plus digne.

SOTER.

Il expire.

STATIRA.

Je te ſuivrai de près , je ſuccombe , je meurs.

H 2

SOTER.

Mortels, voilà quel est le terme des grandeurs.

ANTIPATER.

Malgré moi je frémis, & tout mon sang se glace.
Empruntons pour régner une nouvelle audace.
D'un désespoir aveugle étouffons les transpors.
Le crime a ses succès.... mais il a ses remords.

FIN.

LA LIBERTÉ FRANÇAISE.

O D E

A L'ASSEMBLÉE NATIONALE.

Quelle brûlante ardeur m'anime.
Au saint nom de la liberté,
Mon cœur, par un élan sublime
Dans les Cieux se sent transporté.
Brisez, despores téméraires,
Ces fers, ces glaives sanguinaires
Dont la faiblesse arma vos mains !
Etions-nous nés pour l'esclavage ?
Le souffle impur de votre rage
N'infectera plus les humains.

Descends des Cieux, sage Déesse,
L'encens fume sur tes autels.
Aux vifs transports de l'allégresse
Connais le bonheur des mortels !
Fixes ton séjour sur la terre.
A la froide & sombre Angleterre
Préfères le peuple Français.

C'est sur les rives de la seine
Où notre heureux destin t'entraîne,
Que tu dois régner à jamais.

Voiles épais de l'ignorance,
Vous couvrîtes long-tems nos yeux !
Superbe empire de la France
Vous gémissiez sous nos ayeux !
Je vois un fatal fanatisme,
Joint aux fureurs du despotisme,
Répandre l'effroi dans les cœurs.
L'homme n'est plus qu'un vil esclave.
Le despote insolent le brave
Et rit encor de ses douleurs.

Sous le poids d'une affreuse chaîne,
En proie à des tirans cruels,
Que faisais-tu, raison humaine ?
Hélas ! les malheureux mortels
Imploraient envain ta lumière.
L'éclat de ta clarté première
Vint se dissiper dans les airs.
La froide & lâche tirannie
Osa condamner le génie
Quand il éclairait l'univers.

Je vois le Magistrat barbare
Dicter de sacrilèges lois.
Au despotisme qui l'égare,
Il ose consacrer sa voix.
L'antre infernal de la chicane
Mugit, dénonce, au feu condamne.
Les traits des burins immortels.
A ce pouvoir honteux, fantasque,
L'homme enfin arrache le masque,
Et la raison a des autels.

Qu'est pour nous la brillante histoire
Du règne de Louis-le-Grand ?
Cessons d'encenser sa mémoire,
Il fut despote & conquérant.
Quand, sous le pouvoir de ses armes,
Tous les peuples sont en alarmes,
J'entends gémir la liberté.
Le joug honteux de l'esclavage
Aux yeux du Français & du sage,
Est l'horreur de l'humanité.

On a vu la nature humaine
En proie aux plus vives douleurs,

De fon fang arrofer fa chaîne ,
Et ne changer que d'oppreffeurs.
Pour honorer l'Etre fuprême ,
Le peuple en fa fureur extrême
A déchiré fon propre fein.
Plus fon délire eft fanatique ,
Sa valeur féroce , héroïque ,
Plus l'efclavage eft fon deftin.

Quelles étonnantes merveilles
S'offrent à mes regards furpris !
Quels doux fons frappent mes oreilles ?
O liberté ! j'entends tes cris.
Ton audace eft majeftueufe ,
Ta marche noble , impétueufe ,
Tout cède à tes bouillans tranfpors.
Par fon poïds , fon propre équilibre,
L'heureufe France eft enfin libre.
Le Ciel protège nos effors.

De la tiranie expirante
Que peut le regard menaçant ?
Sa rage infernale , impuiffante ,
Dans les airs jette un cri perçant.
De poignards elle eft entourée.
De fang fa main eft altérée.
Le forfait accourt à fa voix.
Dans les accès de fon délire ,
Le monftre impitoyable expire ,
Dictant encor d'horribles lois.

C'en eft fait ; la France opprimée
Ne gémira plus dans les fers.
La main de nos héros armée
Nous venge aux yeux de l'univers.
Ce monument horrible , infame
Que défendent le fer , la flamme ,
Tombe fous nos coups redoublés.
De l'efclavage affreux repaire ,
Ce cachot obfcur , fanguinaire ,
Voit foudain fes murs écroulés.

Le vrai guerrier né pour la gloire ,
N'a point déchiré notre fein.
L'abus d'une lâche victoire ,
Jamais n'enfanglanta fa main.
Envain le defpotifme ordonne.
La Garde-Françaife friffonne.
La patrie eft chère a fon cœur.
Elle feule guide fes armes ,

Et les auteurs de nos alarmes,
Voyent expier leur fureur.
. L'antiquité sage & sublime,
Ne doit plus éblouir nos yeux.
La France auguste, magnanime,
A surpassé les demi-Dieux.
L'univers étonné contemple,
Des vertus l'asile & le temple,
Le Sénat des Législateurs.
Mieux que dans la Grèce & dans Rome,
La liberté, les droits de l'homme,
Ont des Héros pour défenseurs.

Dans les transpors d'un beau délire,
De Pindare & d'Horace, en vain
Je tente d'essayer la lyre,
Je la sens tomber de ma main.
Par tes récis, fidèle histoire,
Tu dois éterniser la gloire
De nos Législateurs Français ;
Dédaigne une vaine parure.
Que la vérité toute pure,
Les immortalise à jamais.

Déjà le fatal égoïsme
A brisé son Sceptre d'airain.
Loin des regards du despotisme,
Les cœurs brûlent d'un feu divin.
La fille, l'épouse chérie,
Vont sur l'Autel de la Patrie
Offrir leur or, leurs diamans.
Cette offrande de religieuse,
Pour cette troupe vertueuse,
Est le plus beau des ornemens.

Tel un torrent, loin de ses rives,
Emporte ses flots irrités,
Lorsque ses ondes fugitives,
Par les rochers sont arrêtés.
Bouillonnant, écumant de rage,
Tout ce qui s'offre à son passage,
Est soudain détruit, renversé.
Mais, quand il rentre dans la plaine,
La pente douce qui l'entraine,
Annonce qu'il est appaisé.

Mille fois, plus terrible encore,
La liberté dans sa fureur,
Frappe, détruit, abat, dévore,
Ce qui s'oppose à sa valeur.
Quand elle a fixé son empire,

Quand triomphante , elle refpire,
Tout rit à fon heureux deftin.
Déjà fur fes brillantes traces ,
Nous avons vû marcher les graces,
Portant leur offrande à la main.
   Le Français févère & plus fage ,
A repris fes antiques mœurs.
Il était léger & volage ,
Sous des Miniftres corrupteurs.
De Corinthe il a la richeffe ,
De Sparte il aura la fageffe.
Guerrier , Artifte & Commerçant,
Grand dans la paix, grand dans la guerre,
De Rome il aura le tonnerre ,
D'Athènes l'état floriffant.
   Et toi , que le Français adore ,
D'Henri l'illuftre rejetton ,
Que du couchant jufqu'à l'aurore ,
On célèbre à jamais ton nom.
Sage Monarque , heureux Louis feize ,
Toi , de la liberté Françaife ,
Proclamé le Reftaurateur ,
Philofophe , Roi débonnaire ,
Ton peuple en toi chérit un père ,
Et cet amour fait fon bonheur.
   Le fang t'a tranfmis la couronne.
Elle eft l'attribut de tes droits.
Si le peuple eût donné le trône ,
Tu régnerais par notre choix.
Ta loyauté , tes mœurs auftères ,
Ta douceur , tes vertus févères ,
T'élèvent au-deffus de nous.
Tu n'aimes que la bienfaifance.
Elle eft la feule jouiffance ,
Dont tu te fois montré jaloux.
   Le Ciel, qui pour nous s'intéreffe ,
A dicté ton augufte choix.
Les Miniftres de ta fageffe ,
Sont dignes du meilleur des Rois.
De tes fujès , amis fidèles ,
C'eft pour tes bontés paternelles ,
Qu'ils ont immolé leur répos.
Nés pour le bonheur de la France
Nos vœux , notre reconnaiffance
Seront le prix de leurs travaux.

     F I N.

www.ingramcontent.com/pod-product-compliance
Lightning Source LLC
Chambersburg PA
CBHW060809180626
46818CB00002B/767